AMIS POUR LA VIE

UNE NOUVELLE CHANCE

L'auteur

Nicholas Edwards est le pseudonyme qu'Ellen Emerson White prend quand elle écrit pour la jeunesse. Ellen a grandi en Nouvelle-Angleterre, a étudié à Boston et vit maintenant à New York. C'est une fan inconditionnelle de l'équipe de base-ball des Red Sox et encore plus de son chien, Patrick, alias Mauvaise Tête, qu'elle a sauvé et recueilli. *Amis pour la vie* est sa deuxième série jeunesse.

Nicholas Edwards

AMIS POUR LA VIE

UNE NOUVELLE CHANCE

Traduit de l'anglais (États-Unis)
par Catherine Nabokov

POCKET JEUNESSE
PKJ·

Titre original :

Dog Whisperer
1. The Rescue

Publié pour la première fois aux États-Unis en 2009
par Square Fish, un département de Macmillan.

Loi n° 49-956 du 16 juillet 1949 sur les publications
destinées à la jeunesse : mars 2017

ISBN 978-2-266-23068-1

Chapitre 1

Plongée dans l'obscurité, Emily ne voyait rien. Elle était dans l'eau… Une eau glaciale, agitée. Une vague énorme l'engloutit.

Elle était en train de se noyer !

Au prix d'un pénible effort, elle réussit à remonter à la surface. L'air lui manquait, son corps entier était parcouru de tremblements. Prise de panique, elle essaya de respirer calmement. Quand elle retrouva son souffle, elle sentit un goût salé dans sa bouche. Était-elle en pleine mer ?

Elle toussa et cracha. La houle était si violente qu'elle devait lutter de toutes ses forces pour garder la tête hors de l'eau. Elle lançait les mains dans tous les sens, cherchant un rocher, une bouée, une planche… une chose à laquelle s'accrocher.

Comment était-elle arrivée là ? Le voilier de ses parents avait-il coulé ?

La nuit était sombre, sans lune. Emily n'apercevait aucune lumière au loin : elle était bien en pleine mer. Seule. Cette pensée était si effrayante qu'elle ouvrit la bouche pour appeler à l'aide. Une nouvelle vague la recouvrit. Emily s'étrangla.

— Maman ! Papa ! cria-t-elle enfin.

Aucune réponse. Juste le bruit incessant des vagues dans la nuit profonde.

Elle allait se noyer… Ses bras et ses jambes faiblissaient. Gagnée par l'épuisement et la peur, elle était sur le point de se laisser couler.

— Emily…

C'était la voix de sa mère.

Tournant sur elle-même, elle scruta l'obscurité, incapable d'émettre le moindre son.

— Emily, Emily, répéta doucement la voix.

Sa mère était une excellente nageuse, elle allait la tirer de là. Elle était sauvée !

— Où est le bateau ? réussit-elle à dire.

— Ne t'inquiète pas, Emily. Tout va bien.

Elle regarda de nouveau autour d'elle. Soudain l'obscurité se dissipa : il faisait clair, et elle n'était plus dans l'eau… mais dans sa chambre ! Sa mère, assise au bord du lit, l'observait d'un air inquiet. Son père entra dans la pièce, avec son regard de myope tout ensommeillé.

— Joanne, que se passe-t-il ?

— Rien de grave. Emily a fait un cauchemar, mais tout va bien maintenant.

— Encore ! s'exclama son père. Tu étais de nouveau en train de te noyer ?

Du haut de l'armoire, Josephine, la chatte d'Emily, observait tranquillement la scène.

— Je... je crois, oui, souffla la fillette en toussant, comme pour chasser l'eau de ses poumons.

Emily recouvrait peu à peu ses esprits. Elle était dans sa chambre, à l'abri, entourée de ses parents. Son tee-shirt n'était pas mouillé, ses cheveux non plus. Incroyable ! Les images du cauchemar étaient si réelles. Elle frissonna.

— C'est la troisième fois..., soupira son père.

Depuis quelques nuits, de mauvais rêves troublaient le sommeil d'Emily. Et dans tous ces rêves, elle se noyait.

— C'est bizarre de faire ces cauchemars ? demanda Emily.

— Pas du tout ! répondit sa mère. Je pense que tu es simplement très fatiguée à cause du match.

Il fallut quelques secondes à Emily pour comprendre de quoi sa mère parlait. Puis elle se souvint : la veille, son père et elle s'étaient rendus à Portland pour assister au match de base-ball de leur équipe favorite, les Sea Dogs ; il y avait eu plusieurs manches supplémentaires et ils étaient rentrés bien plus tard que prévu. Son père détestait l'exercice physique. En revanche il adorait voir des matchs ! Tout le contraire de sa mère, grande sportive, qui préférait pratiquer plutôt que regarder.

— En plus, on a beaucoup mangé, ajouta son père d'un air pensif.

C'était vrai. Après un hot dog, il avait englouti un sandwich thon-mayonnaise et un autre au crabe. Emily avait pris du pop-corn, une barbe à papa, un beignet et une énorme glace à la vanille avec des pépites de chocolat… Le tout accompagné d'une grande bouteille de soda. Quand leur équipe avait fini par perdre, après un suspense éprouvant, elle s'était sentie écœurée, au sens propre comme au figuré.

— C'est peut-être pour ça que tu as fait ce cauchemar, reprit son père. Moi, j'ai eu du mal à m'endormir.

— Va te recoucher, Theo, si tu veux. Je vais rester un peu avec Emily.

Son père lui donna un baiser, sa mère rapporta

un gant de toilette mouillé de la salle de bains. Le meilleur des remèdes, selon elle.

— Je n'ai pas de fièvre, Maman, protesta Emily tandis que sa mère lui passait doucement le gant humide sur le visage.

— Ça ne peut pas te faire de mal.

À cet instant, Josephine atterrit brusquement sur le lit. La chatte tigrée faisait tout avec vigueur : marcher, manger et même ronronner. Une telle énergie de la part de cette petite boule de poils ne cessait d'étonner Emily.

Étalée sur le lit, la chatte bâilla avant d'entreprendre une toilette aussi enthousiaste que minutieuse.

— Je crois qu'elle voudrait que tu lui fasses la même chose, dit Emily à sa mère.

— Pas de problème.

Tendant le bras, celle-ci passa le gant de toilette sur le haut de la tête de Josephine. La chatte bondit aussitôt sur ses pattes et partit à l'autre bout du lit avec un miaulement mécontent. En temps normal, Emily aurait éclaté de rire. Là, non.

— Tu vas réussir à te rendormir ?

Il était presque 3 heures du matin et pourtant Emily n'était pas du tout fatiguée.

— Je ne sais pas… Je me sens bizarre.

— Tu n'as pas de fièvre, en tout cas, remarqua sa mère en posant ses lèvres sur son front.

Emily éprouvait un grand froid à l'intérieur d'elle-même, et une immense solitude. Elle avait beau savoir qu'elle était chez elle, en sécurité avec ses parents et son chat, une peur intense l'habitait.

— Emily, ça va ? s'inquiéta sa mère.

Toutes les sensations de son cauchemar la saisissaient de nouveau. Comment était-ce possible ? Elle avait l'impression terrifiante de ne pas être vraiment là.

— Que se passe-t-il, Emily ? demanda sa mère en la dévisageant.

— Je ne sais pas, répondit-elle d'une voix tremblante. Je sens un drôle de truc en moi…

Chapitre 2

La seconde d'après, sa terreur s'était dissipée comme par magie. Étonnée, Emily cligna des yeux et regarda autour d'elle. Ses affaires bien pliées sur la chaise, les jouets rangés dans leurs casiers, les livres dans la bibliothèque : rien à signaler, sa chambre était comme d'habitude.

— Qu'est-ce qu'il y a, ma chérie ? insista sa mère.

— J'ai du mal à expliquer… Comme si je n'étais pas ici, dans mon lit, mais encore dans mon cauchemar. C'était horrible, Maman.

— C'est fini, maintenant. Veux-tu que nous lisions un peu pour t'aider à te rendormir ?

Depuis sa plus tendre enfance, ses parents avaient instauré avec elle un rituel de lecture : à tour de rôle, chacun lisait à haute voix aux deux autres un livre de son choix. En ce moment, ils étaient au beau milieu d'un roman d'aventures palpitant où des chevaliers se livraient de terribles batailles. Elle adorait ce genre d'histoires !

— Impossible sans Papa ! trancha-t-elle.

Pas question de rompre le sacro-saint rituel.

— Alors je te propose de descendre à la cuisine pour manger quelque chose.

Excellente idée ! Emily se leva d'un bond et enfila une paire de chaussettes avant de la suivre. Dans la cuisine, elle s'installa sur sa chaise pendant que sa mère ouvrait le réfrigérateur.

— Qu'est-ce qui te tente ? Un yaourt ? Je peux aussi réchauffer les macaronis au fromage.

Si elle n'était pas à proprement parler un cordonbleu, sa mère était plus gourmande que son père, plutôt amateur de fast-food.

Emily fit basculer sa chaise en arrière pour voir l'intérieur du réfrigérateur.

— Arrête de te balancer, tu vas tomber, la sermonna sa mère.

— Je veux bien un pilon, s'il te plaît, demanda Emily en reposant sa chaise.

Un léger étonnement se peignit sur le visage de sa mère, mais elle prit le plat de poulet rôti et le posa sur la table.

— Tu veux que je te prépare un sandwich avec ?

— Non merci, j'ai envie de le manger comme ça.

Sa mère sortit du placard une assiette, du tiroir un couteau et une fourchette et disposa le couvert devant sa fille.

— Je te fais griller un peu de pain ?

L'estomac d'Emily commençait à gargouiller sérieusement. Elle accepta la proposition. Malgré la quantité impressionnante de nourriture qu'elle avait engloutie la veille au soir, elle mourait de faim.

Pourtant, lorsque sa mère déposa la cuisse de poulet dans son assiette, elle eut aussitôt l'appétit coupé : ce morceau de viande froide avec sa peau brunâtre toute fripée la dégoûtait. Comment avait-elle pu imaginer une seconde qu'elle aurait envie de ça ?

— Ça ne te tente pas beaucoup, on dirait…, constata sa mère.

Emily confirma d'un signe de la tête : vraiment pas.

Sa mère remplaça l'assiette de poulet par des tranches de pain grillé sur lesquelles elle étala généreusement de la pâte à tartiner.

Quelle mouche avait piqué Emily ? Pourquoi avait-elle eu subitement envie de ce morceau de poulet alors qu'elle ne mangeait jamais de viande ? Pas même le bacon que sa mère préparait le dimanche matin et qui répandait une odeur délicieuse dans toute la maison.

Lorsqu'elle avait neuf ans, Emily avait décidé de devenir végétarienne : l'idée de manger des animaux lui avait soudain paru monstrueuse. Elle avait aussi choisi d'être vétérinaire quand elle serait grande. La possibilité d'aider les chiens, les chats, les chevaux et – pourquoi pas ? – les animaux sauvages la remplissait de joie. Elle rêvait de pouvoir apaiser leurs souffrances, leur donner de l'affection. Depuis toujours, elle adorait les animaux ! Ces derniers mois, toutefois, elle passait beaucoup de temps à dessiner, et l'idée d'être un jour une artiste lui plaisait bien aussi. Peut-être pourrait-elle être les deux ? Vétérinaire *et* artiste !

Ses parents s'étaient d'abord inquiétés de son choix de ne plus manger de viande : elle était en pleine croissance et avait besoin de protéines comme n'importe quel enfant de son âge. Ils avaient consulté le pédiatre et pris l'avis d'un nutritionniste. Tous deux les avaient rassurés et leur avaient donné des recettes de plats végétariens délicieux ! La cuisinière de la cantine de l'école où ils enseignaient leur avait aussi donné plein d'idées.

Un verre de thé glacé à la main, sa mère s'assit en face d'elle.

— Tu n'es pas obligée d'être végétarienne toute ta vie, tu sais. Tu as le droit de changer d'avis si…

— Non, non, l'interrompit Emily. Je ne sais pas ce qui m'a pris… J'ai oublié, c'est tout.

— Comme tu veux. Mais je pense qu'on devrait en parler avec le docteur Socoby. J'ai pris un rendez-vous pour la semaine prochaine.

Emily lança un regard inquiet à sa mère.

— À cause de mes cauchemars ?

— Mais non ! C'est le rendez-vous habituel pour vérifier ton poids, ta taille, les vaccins… Si tu veux, tu pourras lui parler de tes cauchemars. Mais je pense juste que tu es un peu anxieuse à l'idée de rentrer au collège. C'est tout à fait normal.

Arriver dans une nouvelle école effrayait un peu Emily, c'est vrai. Au collège, tout était plus grand : les bâtiments, le nombre d'élèves, la cour de récréation… ! Et même si elle retrouverait là-bas la plupart de ses amis du primaire, il y aurait aussi beaucoup d'enfants qu'elle n'avait jamais rencontrés. Quant aux professeurs, elle n'en connaissait aucun.

— À vous aussi, ça arrive de faire des cauchemars ?

— Bien sûr, répondit sa mère. Tout le monde en fait !

D'accord. Mais le même cauchemar trois jours de suite ?

— C'est peut-être de famille, de faire beaucoup de cauchemars ? poursuivit-elle en évitant le regard de sa mère.

— Euh... Peut-être, oui...

Pour Emily, Theo et Joanne étaient ses parents. Elle ne pensait pas beaucoup au fait qu'elle était une enfant adoptée. Elle était métisse, eux étaient blancs ; sa mère avait même les cheveux blonds comme les blés ! Elle trouvait ça plutôt drôle de ne pas leur ressembler du tout. Sauf quand son père décidait de célébrer une fête africaine... Une fois, il s'était promené toute la journée avec un long boubou de toutes les couleurs et était allé la chercher à l'école dans cette tenue. Devant toutes ses copines. Elle avait eu la honte de sa vie. Elle lui avait fait promettre de ne plus jamais recommencer, autrement elle s'enfuirait de la maison et rejoindrait une troupe de cirque. Sa mère avait beaucoup ri mais son père avait été déçu de devoir interrompre ses festivités.

— Tu veux en parler ? demanda doucement sa mère.

Après une courte hésitation, Emily secoua la tête.

— Comme tu préfères, poursuivit Joanne. Mais tu sais où nous trouver si quelque chose te tracasse.

Sa mère était plus à l'aise qu'elle avec son histoire.

— Oui, mais je n'ai pas très envie pour l'instant. C'est juste que… ça m'arrive parfois de penser à eux.

Qui étaient ses parents biologiques ? À quoi ressemblaient-ils ? Où habitaient-ils ?

Sa mère but une gorgée de thé, l'air songeur, pendant qu'Emily mangeait ses tartines.

Elles discutèrent du programme shopping du lendemain : Emily devait se constituer une nouvelle garde-robe pour le collège.

Ses yeux commençaient à se fermer : le sommeil la gagnait enfin. Elles remontèrent à l'étage. Emily se trouvait trop grande pour que ses parents continuent de venir la border dans son lit, mais comme chaque soir elle laissa faire sa mère, pour ne pas la peiner.

— Dors bien, chuchota tendrement Joanne en lui donnant un dernier baiser. Et je ne veux pas que tu rallumes ta lampe pour lire !

Un sourire coupable flotta sur les lèvres d'Emily. Depuis quelque temps, elle avait pris cette habitude de lire en cachette. Sauf qu'en général elle piquait du nez sur son livre et s'endormait la lumière allumée. Le lendemain matin, lorsque l'un de ses parents venait la réveiller, il découvrait le pot aux roses.

Mais cette nuit Emily était trop fatiguée pour lire. Bercée par le ronronnement de Josephine qui s'était blottie contre elle, elle sombra vite dans un profond sommeil.

Un moment plus tard – dix minutes ? une heure ? – elle sentit son lit devenir glacial. Elle avait très froid, malgré la couette. Et elle était entourée d'eau. Et elle avait du mal à respirer. Et… et…

Elle était en train de se noyer. Une fois de plus.

Chapitre 3

Emily se doutait qu'il s'agissait d'un cauchemar, en même temps cette impression d'être engloutie par l'océan était très forte. Les énormes vagues qui s'abattaient sur elle, le goût de l'eau de mer, les rochers sur lesquels elle se cognait, l'obscurité profonde : tout était horrible, étouffant, angoissant.

Elle finit par s'échapper de cette nuit noire et parvint à se réveiller. Frissonnante, encore terrifiée, elle tira la couette sur sa tête et se pelotonna dessous. Lorsqu'elle referma les yeux, elle entendit de nouveau le bruit incessant de l'eau autour d'elle. Le cauchemar recommençait. Ça ne finirait donc jamais ? Elle sursauta et se redressa dans son lit.

L'esprit embrumé, elle entendit alors un bruit régulier qui provenait du toit. Il pleuvait à torrents. Peut-être était-ce ce grondement qui avait déclenché son cauchemar ? Par la fenêtre ouverte, elle écouta souffler le vent. Une véritable tempête se déchaînait dans la nuit. Le spectacle de la baie devait être impressionnant !

Par gros temps, Joanne adorait se promener pour observer la nature déchaînée. Emily et Theo, eux, ne comprenaient pas cette passion. Ils préféraient mille fois rester bien au chaud dans la maison et lire en mangeant des cookies devant la cheminée. Ses parents étaient de grands lecteurs. Ils avaient toujours le nez fourré dans un livre ou dans un journal. Ce n'était guère étonnant de la part de deux professeurs.

Emily aimait lire, mais parfois, elle préférait s'installer confortablement dans le gros fauteuil en velours bleu avec ses feutres et dessiner. Bien sûr, il lui arrivait aussi – assez souvent – de jouer à la console. Et elle n'avait pas beaucoup de mal à convaincre son père de faire une partie. L'atmosphère devenait tout de suite beaucoup plus électrique… Chacun armé de sa manette, ils sautaient dans tous les sens en agitant leurs bras. Le problème, c'était que son père envoyait régulièrement une main ou un pied dans la lampe du salon. Par chance, elle était solide ! Sa mère, elle, n'appréciait guère la console et l'état proche de l'hystérie qu'elle déclenchait chez son mari et sa fille. Jusqu'au jour où Emily avait réussi à la convaincre d'essayer au moins une fois : elle avait joué deux heures d'affilée et ne voulait plus rendre la manette.

La pluie tombait de plus en plus fort, cognant le toit avec fracas tandis que le vent sifflait et gonflait les rideaux. On aurait dit qu'ils dansaient, c'était drôle à voir. Un peu inquiétant, aussi, et Emily était contente d'être à l'abri dans sa maison.

Il commençait à faire frais dans la pièce. Emily prit son courage à deux mains, sortit de sous sa couette et se leva pour fermer la fenêtre. Le vent était si puissant qu'elle dut s'appuyer de tout son poids pour réussir à repousser les deux battants et tourner la poignée. Elle resta un moment debout à regarder les arbres plier sous les rafales. Une corne de brume retentit au loin et elle songea avec inquiétude aux nombreux marins et pêcheurs que ses parents connaissaient dans la baie, ainsi qu'au père de son copain Bobby, qui partait souvent pêcher le homard. Pourvu qu'il ne soit pas pris dans ce violent orage !

— Waouh ! murmura Emily. C'est un sacré…

Elle s'interrompit net en entendant le miaulement

sourd de Josephine. Dressée sur ses quatre pattes, le poil hérissé, la chatte avait doublé de volume.

— Qu'est-ce qu'il y a ? demanda-t-elle.

Josephine ne bougea pas, la queue en l'air, aux aguets. Emily écarquilla les yeux à la recherche de ce qui avait pu provoquer une telle réaction. Sa chatte était plutôt d'un tempérament calme. Pas le genre à passer la nuit dehors à courir après des animaux pour les ramener triomphalement à ses maîtres. Les écureuils, les mulots et les mésanges pouvaient dormir sans crainte. Un jour, même, une souris avait traversé le salon presque sous son nez : aucune réaction de la part de Mademoiselle Paresseuse. Elle suivait un rythme paisible : faire de longues siestes, s'étirer en bâillant, aller manger quelques croquettes puis retourner dormir. D'ailleurs, les phoques en train de somnoler au soleil sur les rochers, juste devant la maison, n'éveillaient pas son attention. Emily, elle, les adorait, avec leur tête toute ronde, leurs gros yeux et leurs moustaches. Elle avait l'impression qu'ils riaient tout le temps !

Pour que Josephine se mette dans un état pareil, il y avait sans aucun doute un animal extraordinaire dehors. Un ours ? Un lynx ? À sa connaissance, on n'en trouvait pas dans la région de Bailey's Creek. Son père aimait photographier les empreintes des bêtes sauvages laissées dans les parages. Elle passa en revue toutes les photos accrochées sur les murs du salon pour essayer de deviner quelle espèce si inhabituelle pouvait ainsi perturber sa chatte.

Josephine sauta sur le rebord de la fenêtre et marcha dans un sens et dans l'autre, en miaulant. En fait, elle ne paraissait pas nerveuse, plutôt… inquiète.

Emily colla son front contre la vitre pour tenter de distinguer quelque chose dans le brouillard épais du dehors.

— Je ne sais pas ce que c'est, mais tu ferais mieux d'oublier, dit-elle à Josephine en regagnant son lit.

En guise de réponse : un long miaulement.

— Josephine, ça suffit !

Mais pour qui se prenait-elle tout à coup ? Pour la grande protectrice de la maison ? Elle qui n'était même pas capable de chasser une souris !

Immobile, le nez sur le carreau, Josephine semblait prêter l'oreille. Comme si elle entendait un appel au secours. Entendre ? Impossible avec le bruit de l'orage. Sentir ? Oui, sa chatte sentait quelque chose. Pas un danger. Plutôt un appel.

Emily fronça les sourcils. Aussi étrange que cela paraisse, elle aussi était désormais convaincue que dehors, dans la tempête, quelqu'un avait besoin d'elle.

Mieux valait ne pas penser à ce que diraient ses parents. Emily se doutait bien qu'ils ne seraient pas d'accord avec l'idée qu'elle sorte au milieu de la nuit en plein orage. Elle les avait déjà réveillés une fois, ce n'était pas la peine de recommencer. Après tout, elle allait juste faire un tour dans le jardin.

Elle enfila à la hâte un sweat-shirt vert à capuche par-dessus son pyjama, ainsi qu'une paire de tennis, et sortit de sa chambre. Arrivée au bout du couloir, elle rebroussa chemin, ouvrit son placard et changea ses tennis pour une paire de bottes. Au moins, ses parents ne la gronderaient pas pour ça !

Dehors, c'était le déluge. Il pleuvait encore plus fort qu'elle ne l'avait imaginé. Elle aurait dû mettre son ciré, mais au moment où elle s'en rendit compte, il était déjà trop tard… Le jour commençait à se lever, il faisait moins sombre. Pourtant, à cause du brouillard, elle ne parvenait même pas à voir la lumière du phare de Halfway Rock.

La ville de Bailey's Creek se trouvait sur une longue presqu'île. Quelques petites îles entouraient la langue de terre, reliées au centre-ville par des ponts. Certains de ces ponts n'étaient accessibles qu'à marée basse. À marée haute, les habitants n'avaient pas d'autre moyen que le bateau pour se rendre en ville. La maison d'Emily était au bord de l'eau, avec un ponton au bout du jardin. Ses parents possédaient un dériveur qu'ils sortaient assez peu car la côte était en grande partie rocheuse. Chaque matin, Joanne partait en kayak et pagayait pendant une bonne heure le long du chenal.

Le jardin était magnifique : très grand, planté d'arbres et de fleurs. On en oubliait la présence des voisins de part et d'autre ! Emily adorait dîner sous la véranda en bois les soirs d'été. Avec ses parents, ils restaient ensuite là un bon moment, jouant, parlant ou lisant, bercés par les bruits de la nature. Parfois, ils devaient se replier à l'intérieur, vaincus par les moustiques qui attaquaient leurs mollets avec insistance.

La pluie et le brouillard rendaient la marche difficile. Emily s'arrêta un instant. Le bruit du vent et celui des vagues furieuses qui s'écrasaient contre les rochers n'étaient pas très rassurants. Elle avait beau ne pas être peureuse, se retrouver ainsi cernée par les éléments déchaînés était inconfortable. Après tout, peut-être que Josephine avait rêvé ?

Peut-être… Mais peut-être pas.

Décidée à en avoir le cœur net, elle descendit la pelouse pour gagner les rochers. L'herbe était imbibée d'eau ; elle se félicita d'avoir mis ses bottes. Le brouillard se dissipa un peu et elle put scruter tout autour d'elle. Elle n'aperçut rien de particulier, à part quelques branches cassées. Le potager semblait intact. « Potager » était un grand mot : sa mère et sa grand-mère avaient semé des courgettes, des tomates et des salades, mais les mauvaises herbes avaient gagné.

Soudain un éclair illumina le ciel et un énorme coup de tonnerre retentit. Là, c'en était trop ! Elle fit demi-tour. Elle était fatiguée, elle ne voyait rien d'anormal, la pluie diluvienne l'avait trempée jusqu'aux os et elle risquait vraiment de s'enrhumer. Tout ça parce que sa chatte avait des hallucinations.

Alors qu'elle approchait de la maison, un sentiment étrange l'envahit. Son cœur se mit à battre plus fort. Une inquiétude lui noua le ventre. Un besoin d'agir urgent.

Mais agir *comment* ? Faire *quoi* ?

Un nouvel éclair surgit dans la baie, encore plus lumineux, suivi du grondement sourd du tonnerre. Elle sursauta. Elle *devait* en avoir le cœur net. Juste un tour du jardin, très vite, et elle retournerait se coucher.

Redescendant la pelouse vers le ponton, elle se dirigea cette fois plus à gauche, vers la propriété de leurs voisins, les Peabody. Elle s'arrêta à proximité des épais buissons, à quelques mètres des rochers, où les vagues se brisaient avec beaucoup de force. Elle attendit là quelques minutes, aux aguets, s'efforçant de distinguer des formes dans le brouillard. Le canot des Peabody était à son poste, bien accroché à leur ponton, claquant sur l'eau au gré des vagues. Plus loin, quelques bouées indiquaient la présence de casiers à homards. Tout semblait à sa place, rien de particulier. Allez, demi-tour et à la maison !

À cet instant, son cœur fit un bond dans sa poitrine. Elle venait d'apercevoir un truc bizarre.

Chapitre 4

Emily se pencha pour mieux distinguer. Il y avait une grande tache blanche inhabituelle sur les rochers. Peut-être un bout de coque de bateau ? Sauf que, d'après les contours, cela ressemblait plutôt à un être vivant. Un animal ? En fait, vu d'où elle était, on aurait dit un ours polaire ! Sauf qu'il n'y en avait pas dans la région… Elle réfléchit un instant à la question puis secoua la tête. Non, il y avait beaucoup d'animaux dans le coin, mais quand même pas des ours polaires. Son père lui avait d'ailleurs expliqué peu de temps auparavant que leur fourrure blanche leur servait à se cacher dans la neige. Qu'est-ce qu'un ours blanc viendrait faire ici, à Bailey's Creek ?

Elle s'approcha de la tache avec précaution. Un phoque albinos ? Pas sûr que ça existe… Un bébé baleine ? Il arrivait parfois que des baleines s'échouent sur la côte. Peut-être était-ce un pauvre petit baleineau perdu ? Ou un requin. Ou un marsouin. À marée haute, toutes sortes d'animaux marins nageaient le long des côtes – un vrai labyrinthe, avec toutes ces criques, ces îlots, ces baies… Ils avaient beau avoir un grand sens de l'orientation (ce qu'elle n'avait pas du tout !), cela devait être facile de s'égarer.

La situation était grave. Si c'était l'un de ces animaux, il avait besoin de retourner dans l'eau aussitôt que possible pour survivre. Elle devait agir sans tarder.

Plus inquiète qu'effrayée, Emily décida de se frayer un passage à travers les buissons. Les branchages étaient denses et hauts et lui giflaient le visage. Elle avança courbée en deux en se protégeant les yeux. Ses bottes faisaient un bruit de ventouse chaque fois qu'elle levait un pied. Péniblement, à petits pas, elle parvint à franchir ce marécage.

À présent, elle ne se trouvait plus qu'à quelques mètres des rochers. Plus de doute, il s'agissait d'une bête.

Elle ne bougeait pas. Elle devait être blessée. Elle

pouvait néanmoins être dangereuse. Emily demeura un instant immobile à la regarder, hésitante. Tant pis pour le danger ! Elle ne pouvait pas laisser un animal en détresse, quel qu'il soit. Elle siffla. Aussitôt, l'animal redressa la tête et jeta un regard dans sa direction.

Un chien ! C'était un grand chien blanc, un genre de labrador.

— Viens, mon chien, dit-elle doucement. Viens là.

Il souleva de nouveau la tête, bougea une patte, puis se laissa retomber.

— Allez, debout ! Essaie encore !

Il fit une nouvelle tentative et parvint à se redresser un peu plus, avant de s'effondrer en gémissant.

Était-il juste épuisé ou bien blessé ? Il pouvait aussi être pris dans un filet de pêche qui l'empêchait de bouger. Impossible de voir à cette distance. Elle devait s'approcher.

Les rochers étaient très glissants et elle ne voyait pas grand-chose avec cette pluie qui tombait sans fin. Elle avança à pas prudents. Ça n'était pas le moment de tomber ! Seule avec un chien en détresse, dans la nuit et en pleine tempête, elle ne donnerait pas cher de sa peau. Au même instant, un gigantesque éclair illumina le ciel. Quelques secondes plus tard, le tonnerre gronda avec fracas. Le chien poussa un gémissement. L'orage était tout près. Emily frissonna.

— J'arrive, tiens bon ! lança-t-elle.

Soudain sa botte glissa et elle sentit sa jambe se dérober. Son genou droit heurta si fort le rocher qu'elle ne put retenir un cri. Les larmes lui montèrent aux yeux. Se mordant les lèvres, elle respira profondément, comme sa mère le lui avait appris. Peu à peu la douleur s'apaisa. Elle bougea sa jambe en grimaçant. Rien de cassé, ouf ! Elle se releva avec précaution.

Le chien n'avait pas bronché. Il la fixait de ses grands yeux foncés.

— Tout va bien, le rassura-t-elle. Désolée, je suis tombée… Je viens, ne t'inquiète pas.

Même si elle n'attendait pas de réponse, c'était la moindre des choses de le tenir au courant de l'avancée des secours.

Emily progressa accroupie. Elle posait un pied, vérifiait que l'appui était solide, puis avançait lentement l'autre pied en s'aidant de ses mains. Pas très rapide, mais plus sûr.

Enfin, elle fut assez proche du chien pour entendre sa respiration haletante. Presque un sifflement.

— Courage, mon grand, j'y suis presque, chuchota-t-elle d'une voix calme.

Bien qu'Emily n'ait jamais eu de chien, elle savait leur parler. Ses parents lui avaient expliqué qu'on devait faire attention avec ceux qu'on ne connaissait pas. Parfois, ils se montraient agressifs parce qu'ils avaient eux-mêmes peur. Il fallait toujours se montrer calme et rassurant.

— Gentil chien, poursuivit-elle de la même voix douce.

Il battit légèrement de la queue.

— Ne t'inquiète pas, je vais te sortir de là, dit-elle, émue.

Elle n'était plus qu'à quelques centimètres de lui. Elle tendit la main pour lui caresser la tête. Il lui lécha les doigts avec un regard infiniment doux. Sa langue, elle, était sèche comme du papier de verre.

— Pauvre chien. Tu es très courageux.

Au même moment, une grosse vague s'abattit sur eux. Emily s'accrocha au rocher en tenant le chien du mieux qu'elle put. Ouf ! ils avaient tenu bon. Elle se redressa, soulagée. Mais une seconde vague, encore plus puissante, les submergea aussitôt. Elle se serra tout contre le chien, s'agrippant de toutes ses forces à la pierre. L'orage ne gagnerait pas ! Elle réussirait à sauver ce chien.

— Désolée, je ne l'avais pas vue venir, celle-là, lui souffla-t-elle à l'oreille une fois la vague passée.

La priorité absolue était maintenant de déplacer le chien pour le mettre à l'abri des vagues.

— Tu peux te lever ? demanda-t-elle.

Pas de réponse, bien sûr.

— Debout ! ordonna-t-elle en claquant des doigts.

Aucune réaction. Il restait allongé, le flanc soulevé par sa respiration saccadée.

— Allez, essaie, s'il te plaît, l'encouragea-t-elle.

Rien. Pas un de ses muscles ne bougea.

La situation ne se présentait pas très bien. Elle réfléchit une seconde. Impossible de le porter, il était trop lourd. Mais peut-être pouvait-elle le tirer ? Passant sa main dans son poil, elle chercha un collier. En vain.

Elle décida de changer de stratégie : elle allait essayer de l'aider à se lever. Glissant ses bras sous le chien, elle tenta de le soulever. Un horrible gémissement déchira aussitôt la nuit. Elle fit un bond en arrière et faillit glisser dans l'eau.

— Oh…, excuse-moi. Je ne voulais pas te faire mal, je suis désolée.

Il bougea la tête et, l'espace d'un instant, elle eut peur. Elle ne connaissait pas ce chien, il pouvait la mordre ! Au lieu de ça, il lui lécha de nouveau la main. Soulagée, elle lui caressa tendrement la tête. Que pouvait-elle faire d'autre pour le rassurer ?

Il semblait avoir de plus en plus de mal à respirer. La pluie redoublait de force. Emily se sentait désemparée. Que faire ?

— Ça va aller, murmura-t-elle à son oreille. On va s'en sortir.

Il n'eut même pas la force de remuer la queue.

Elle devait à tout prix trouver de l'aide.

Et vite.

Chapitre 5

— Je reviens tout de suite, dit-elle. Promis.

Emily n'était pas rassurée de le laisser dans cet état. Une grosse vague pouvait le faire glisser du rocher, le courant l'emporterait alors comme un fétu de paille. À cette idée elle sentit sa gorge se serrer. Puis elle se ressaisit : il n'y avait pas d'autre solution.

Elle enleva son sweat-shirt et l'étala sur le chien. Cela ne lui tiendrait pas chaud, mais au moins il aurait son odeur. Peut-être cela le réconforterait-il ?

— Ne bouge pas, mon chien, ordonna-t-elle. Courage, je n'en ai pas pour longtemps.

Ils échangèrent un dernier regard.

Emily prit la direction de la maison. Elle refit aussi vite qu'elle le put le chemin en sens inverse : les rochers glissants, les buissons épais avec la boue ventouse, la pelouse détrempée et, enfin, la véranda. Elle ouvrit à la volée la porte de derrière et se précipita dans l'escalier, montant les marches quatre à quatre. Arrivée sur le seuil de la chambre de ses parents, elle hésita une seconde. Lequel des deux réveiller ? Elle opta pour son père. Plus grand et plus costaud.

Elle s'approcha de lui.

— Papa ? chuchota-t-elle.

Un ronflement en guise de réponse.

— Papa, Papa, réveille-toi, insista-t-elle.

Ce ne fut qu'au bout de la troisième tentative que son père ouvrit les yeux.

— Oui, Emily ? marmonna-t-il d'une voix ensommeillée. Qu'est-ce qu'il y a ? Tu as fait un autre cauchemar ?

— Non, non, répondit Emily. Mais il y a un chien…

Son père se frotta les yeux, la dévisagea d'un air perplexe avant de se redresser sur un coude.

— Tu as rêvé d'un chien ?

— Non, je n'ai pas rêvé, expliqua-t-elle. C'est un vrai chien. Il est dehors, sur les rochers. Il est blessé et a besoin d'aide.

— Qu'est-ce que tu racontes ? demanda-t-il tout bas. Je ne comprends pas de quoi tu parles.

— Il y a un chien blessé sur les rochers, répéta Emily d'un ton patient. Un très grand chien. Je ne peux pas le porter toute seule jusqu'à la maison.

À en croire son regard perdu, son père était encore endormi. Il parut réfléchir un instant.

— Mais tu es trempée, Emily !

— Il pleut dehors. Papa, s'il te plaît, viens. J'ai vraiment besoin de ton aide.

Était-ce le mot magique ou le ton implorant ? Sa mère réagit aussitôt.

— Que se passe-t-il ?

Pendant qu'Emily lui racontait l'histoire en détail, son père se leva, s'habilla et mit ses chaussures de marche.

— Tu veux que je vienne ? lui demanda Joanne.

— Non, c'est inutile, répondit-il avec un sourire. Je m'en occupe, ne t'inquiète pas. J'en ai pour cinq minutes.

À peine dehors, Emily commença à courir en direction de la maison des Peabody.

— Mais il pleut des trombes ! s'exclama son père. Emily, retourne à la maison et mets ton ciré.

— Je suis déjà mouillée, Papa ! Ça ne servirait plus à rien.

Il poussa un long soupir résigné. Inutile de se

battre avec sa fille quand elle avait une idée en tête.

— Je le mettrai après, promis ! ajouta-t-elle.

Renonçant à comprendre sa logique, il la suivit. Arrivée au milieu de la pelouse, Emily fit instinctivement un crochet pour contourner un objet familier. Trois mètres plus loin, elle se rappela que son père était souvent distrait, même quand il était tout à fait réveillé. Elle se retourna pour l'avertir :

— Fais attention au…

Elle n'eut pas le temps de finir sa phrase : le bruit sourd d'un choc retentit, suivi d'un léger cri. Trop tard ! Theo avait oublié que sa femme laissait dehors son kayak de promenade en le recouvrant d'une grosse bâche imperméable. Joanne ne rentrait dans le garage que son kayak de compétition.

— Est-ce que j'ai encore cassé une rame ? grogna-t-il, étendu par terre.

Pourvu que non ! Ça lui était déjà arrivé deux fois et Joanne avait plutôt mal réagi.

— Je ne crois pas, répondit Emily, sans en être sûre.

— Espérons, soupira son père.

Il se releva et tous deux repartirent. Lorsqu'ils atteignirent les buissons près de chez les Peabody, Theo s'arrêta en fronçant les sourcils.

— On est très loin de la maison, Emily.

Aïe ! Elle avait espéré que son père ne prêterait pas attention à ça.

— Je l'entendais, je te promets ! assura-t-elle. Et Josephine était hyper bizarre ! Elle miaulait en griffant la fenêtre.

— Hmm, marmonna Theo avec une pointe d'ironie. C'est sûr, c'est bizarre…

La pluie continuait de tomber, mais l'orage semblait s'être éloigné. Emily se pencha sans hésiter pour entamer sa traversée des buissons : elle connaissait désormais le chemin. Son père la stoppa dans son élan en l'attrapant par le tee-shirt.

— Mais où vas-tu, Em ? s'étonna-t-il. C'est plus simple de passer par là, non ?

Il montrait du doigt l'allée qui partait de chez les voisins et menait à la mer.

En effet, ça paraissait plus logique… Elle acquiesça en marmonnant, se dégagea des buissons et suivit son père à travers la pelouse.

— Ça va ? demanda-t-il en se tournant vers elle. Tu fais une drôle de grimace.

— Ah bon ? Non, non, tout va bien.

Depuis sa chute sur les rochers, son genou la faisait beaucoup souffrir, et il devenait difficile de le cacher. Mais son père ne devait surtout pas savoir qu'elle était tombée. Elle s'efforça de marcher le plus normalement possible. Ils ralentirent le pas en arrivant dans l'allée : la pluie avait formé de grosses flaques et la terre était boueuse. Malgré ses précautions, son père glissa à plusieurs reprises et faillit s'étaler.

Le chemin sembla interminable à Emily. L'inquiétude lui serrait le cœur. Lorsqu'ils atteignirent les rochers et qu'elle aperçut enfin la fourrure blanche du chien, elle poussa un soupir de soulagement.

— Tu vois, là-bas, la tache ? dit-elle en pointant le doigt.

Sans attendre sa réponse, elle entreprit d'escalader les rochers. Elle savait maintenant s'y prendre et avançait vite. Son père, lui, ne montrait pas la même agilité : il manqua de tomber plusieurs fois et se rattrapa de justesse.

— Tu n'as pas fait ça toute seule, Em ? interrogea-t-il entre deux dérapages.

Hum… Emily n'avait jamais été très douée pour le mensonge.

— Je l'entendais gémir, Papa. Je *devais* y aller.

Un dernier rocher et ils furent auprès du chien. Il était toujours dans la même position, allongé sur le flanc. Sa respiration était si faible que sa poitrine se soulevait à peine. Néanmoins, lorsqu'il vit Emily, il remua légèrement la queue.

— Tu m'attends là, ordonna son père. Garde tes distances, il pourrait te mordre.

— Il ne mord pas. C'est un gentil chien, Papa.

— Quand même, je préfère que tu ne t'approches pas d'un chien que tu ne connais pas.

Lui-même n'était pas très rassuré. D'une manière générale, il n'avait pas une grande passion pour les animaux. Pas même pour Josephine.

Il s'accroupit pour mieux observer l'animal. C'est alors qu'Emily découvrit avec stupeur des taches sombres sur les poils du chien. Du sang. Il en avait à plusieurs endroits : sur la tête, sur les pattes avant et sur la poitrine.

Son père se redressa.

— Bon…, souffla-t-il comme pour lui-même. Comment je vais faire ?

Il resta là un instant, l'air concentré, puis se pencha et, tout doucement, passant une main sous le chien, il essaya de le porter. Aussitôt, un long gémissement de douleur se fit entendre.

Emily avala sa salive, serra les dents et ferma les yeux. Cela n'arrangerait rien si elle aussi se mettait à pleurer.

— On pourrait appeler une ambulance ? suggéra-t-elle.

Il secoua la tête.

— Je vais réessayer, en faisant plus attention.

Cette fois-ci, le gémissement fut accompagné d'un grognement sourd.

— Hé ! lâcha Theo en faisant un bond en arrière. Em, tu ne t'approches pas, c'est bien compris ?

Elle se rembrunit.

— J'ai l'impression qu'il a très mal à la poitrine, dit-elle.

Sans hésiter, elle descendit sur le rocher, s'assit près du chien et lui caressa doucement la patte.

— Ça va aller, mon chien, sois courageux.

— Mais qu'est-ce que je viens de te dire ? s'énerva son père.

— Mon père essaie juste de t'aider, poursuivit-elle comme si elle n'avait pas entendu.

Le chien remua la queue et plongea ses grands yeux marron dans ceux d'Emily.

— Ne le touche pas ! continua son père. Il peut te mordre.

— Il ne me mordra pas, Papa. Il a simplement eu peur…

— Emily, quand je dis quelque chose, je veux que tu obéisses ! coupa-t-il d'une voix forte.

Pas de discussion possible. Elle recula à contrecœur.

— Merci ! lâcha-t-il.

Il hurla tout à coup :

— Attention !

Une énorme vague approchait. Ils se baissèrent d'un mouvement rapide pour ne pas être déséquilibrés. Ce fut juste une bonne douche.

— Ça, c'était un sacré rouleau, dit Theo en se redressant, les lunettes couvertes d'eau.

Mais à peine étaient-ils debout qu'une autre vague les submergea, plus grande et plus forte. Emily vacilla et parvint de justesse à se raccrocher au rocher. Son père l'aida à se relever.

— Maintenant tu vas sur la pelouse et tu m'attends là-bas. Compris ?

Elle hocha la tête, encore un peu étourdie. Avant de partir, elle lança un dernier regard derrière elle.

Le rocher était vide. Seul son sweat-shirt traînait encore là.

Le chien avait disparu !

Chapitre 6

Emily et son père échangèrent un regard stupéfait puis scrutèrent la mer agitée.

— Le voilà ! s'exclama Theo en pointant du doigt une grosse tache blanche qui montait et descendait au gré des vagues. Il faut aller chercher un bout de bois. Ou une corde sur le ponton des Peabody.

Emily voyait la tête du chien disparaître régulièrement sous l'eau.

— On n'a pas le temps, Papa, répliqua-t-elle en se précipitant au bord du rocher.

— Emily, il est hors de question que…

Elle plongea avant qu'il ait fini sa phrase. L'eau était si glaciale qu'elle en eut le souffle coupé pendant quelques secondes. Une fois remise, elle se lança dans un crawl rapide.

Après avoir posé ses lunettes avec précaution dans un creux du rocher, son père sauta à son tour et nagea vers elle.

— Je ne suis pas content, Emily !

Elle savait bien qu'elle n'aurait pas dû plonger dans la mer en pleine tempête. Mais, après tout, elle avait commencé les leçons de natation à l'âge de cinq ans et maintenant elle nageait nettement mieux que son père. Pas encore aussi bien que sa mère.

Elle regarda autour d'elle. Le chien n'était plus visible. Elle prit une profonde respiration et plongea sous l'eau. Une fois, deux fois : elle avait beau agiter les bras, elle ne trouvait rien. Ce fut seulement au troisième plongeon que ses doigts agrippèrent quelque chose de poilu. Une patte ! Elle la serra du plus fort qu'elle put et poussa sur ses jambes pour remonter à la surface.

Lorsqu'elle sortit la tête de l'eau, elle appela son père. À eux deux, ils réussirent à tirer l'animal jusqu'aux rochers puis à le hisser hors de l'eau. Il ne bougeait pas.

Emily et Theo étaient hors d'haleine. Ils toussèrent et crachèrent de l'eau avant de retrouver une respiration plus calme.

— Ne fais plus jamais une chose pareille ! s'étrangla son père.

Elle hocha la tête, incapable de parler.

Une fois sa toux passée, Theo tourna la tête de tous les côtés en plissant les yeux. Emily connaissait bien cet air désemparé : il cherchait ses lunettes. Elle les aperçut à un mètre d'eux.

— Elles sont là, dit-elle en se levant pour les attraper.

Pas de casse, heureusement ! Après avoir essuyé les verres tant bien que mal avec son sweat-shirt mouillé, Theo les remit sur son nez.

À côté d'eux, le chien était toujours immobile, les yeux clos. Theo posa la main sur sa poitrine et approcha son oreille de sa tête. Il attendit quelques secondes, les sourcils froncés. Emily le regardait faire avec impatience. Quand il tourna le chien sur le dos, elle ne put se retenir.

— Qu'est-ce que tu fais ?

— Je vais essayer la réanimation cardio-respiratoire.

Il plaça ses deux mains au milieu de la cage thoracique de l'animal et appuya d'un coup sec. Il relâcha, compta jusqu'à trois, puis répéta la manœuvre. Aucune réaction. Il recommença, une fois, deux fois, trois fois. Rien.

Au moment où il s'apprêtait à souffler dans

les narines du labrador, celui-ci se mit soudain à recracher de l'eau. Quand il eut fini, le père d'Emily reprit ses gestes de réanimation et, au bout de quelques instants, comme par magie, la poitrine du chien retrouva son mouvement naturel.

Emily poussa un cri de joie et sauta au cou de son père.

— Papa, tu es le meilleur ! J'ai eu tellement peur, j'ai cru que c'était fini !

Essoufflé par l'effort, son père s'assit sur le rocher. Un sourire de satisfaction flottait sur ses lèvres.

Malgré tout, la respiration du chien était irrégulière et difficile : il n'y avait pas de temps à perdre.

— Il faut le transporter dans la maison, dit Theo. Une fois là-bas, on verra ce qu'on fera.

Emily hocha la tête. Elle se leva et vacilla. Le plongeon dans les vagues l'avait épuisée et elle commençait à avoir froid. Mais en un clin d'œil elle se ressaisit, attrapa son sweat-shirt trempé, l'essora du mieux qu'elle put et l'étendit sur le chien. Il bougea la patte avant, comme pour la remercier.

Une voix se fit soudain entendre au loin.

— Theo ? Emily ? Où êtes-vous ?

Sa mère devait s'inquiéter de leur longue absence.

— Ici, sur les rochers ! cria son père.

Joanne apparut au bout de quelques instants et les rejoignit en escaladant à son tour les rochers. Theo lui expliqua la situation. Après réflexion, ils décidèrent – ou, plutôt, sa mère décida – que son père irait à la maison chercher des couvertures et une luge en plastique. Ils pourraient ainsi allonger le chien dans la luge et le tirer facilement jusqu'à la maison.

C'était une idée géniale !

Theo partit aussitôt. Emily resta avec Joanne à côté du chien, sans cesser de lui caresser la tête.

— Papa lui a fait de la réanimation cardio-je-sais-pas-quoi, annonça-t-elle avec fierté à sa mère. C'était top !

Joanne parut impressionnée.

— De la réanimation cardio-respiratoire ? Eh bien, chapeau ! Je ne suis pas certaine que j'aurais su la faire sur un chien. Est-ce qu'il portait déjà ce sweat-shirt quand tu l'as trouvé ? demanda-t-elle sur un ton ironique.

— J'essayais de le protéger de la pluie, avoua Emily piteusement.

— Bien sûr…

Certes, un sweat-shirt trempé n'avait aucune

chance d'être imperméable. Mais vu les circonstances, elle avait eu du mal à réfléchir.

Emily était maintenant presque allongée à côté du chien et lui parlait d'une voix douce à l'oreille. De temps à autre, il agitait faiblement la queue. Elle sentait que cela le rassurait d'entendre sa voix.

— Je sais que tu as mal, mais essaie de ne plus grogner. Mon père a un peu peur des chiens et ça le rend nerveux.

— Beaucoup de choses le rendent nerveux ! lança sa mère avec un rire joyeux.

Pas faux. Le simple bruit de l'aspirateur ou du mixeur pouvait le faire bondir.

Lorsque son père revint avec les couvertures et la luge, Emily vit qu'il avait aussi apporté des gants de jardinage.

— Tu as froid aux mains ? lui demanda-t-elle, étonnée.

— Hum... Non, c'est pour le cas où il mordrait, répondit Theo, un peu gêné.

— Tu aurais mieux fait de prendre des gants de hockey, lâcha Joanne avec un sourire. Ils sont plus épais.

Il la dévisagea un instant.

— Mais oui..., s'exclama-t-il. Tu as raison, quel idiot !

Emily pouffa : il n'y avait pas le moindre gant de hockey à la maison.

Sa mère plia une des couvertures en deux et l'étala à côté du chien. Avant même que son père ait eu le temps d'enfiler les gants, le chien poussa un profond soupir, se leva avec beaucoup de difficultés et vint s'allonger sur la couverture en gémissant.

— Ça alors ! s'exclama Emily, médusée. Vous voyez comme il est intelligent ? Et courageux ?

Elle était si fière de lui !

Chacun à un bout de la couverture, ses parents transportèrent le chien sur la luge. Ils le déposèrent en douceur sous l'œil attentif d'Emily. Elle le recouvrit ensuite avec la deuxième couverture.

Tous trois se mirent en marche. Une fois franchie l'étape périlleuse des rochers, Theo tira la luge sur l'herbe trempée en contournant les trous et les bosses. La pauvre bête, qui respirait mal, ne broncha pas durant tout le trajet. Arrivée à la maison, Emily ouvrit la porte de derrière pour que son père puisse emmener la luge dans la cuisine.

Dans la lumière, elle put enfin observer le chien. C'était bien un genre de labrador, avec des grands yeux marron et une truffe bien noire. Il était si maigre que l'on voyait ses côtes. Mais ça n'était pas le pire... La gorge d'Emily se serra lorsqu'elle aperçut la traînée de sang qui coulait sur son ventre et sur sa patte avant gauche. Celle-ci avait d'ailleurs une position bizarre. Elle s'approcha pour mieux regarder. Son cœur fit un bond dans sa poitrine.

Au milieu de la patte, un bout d'os transperçait la peau.

Chapitre 7

— Regardez ! cria Emily, paniquée. Sa patte… Il faut faire quelque chose !

— Va chercher de la gaze, répondit aussitôt sa mère. On va lui faire un bandage en attendant de l'emmener chez le vétérinaire.

Emily grimpa l'escalier quatre à quatre, fonça dans la salle de bains et prit dans l'armoire à pharmacie tout ce qu'elle put trouver comme gaze, bandes et pansements. Elle apporta le tout à sa mère. Avec beaucoup de douceur, celle-ci enveloppa la blessure avant de couvrir le chien avec une grande serviette de plage bien sèche. Il ne bougeait pas. Seuls quelques frissons parcouraient son corps de temps à autre. Lorsque Emily leva la tête, elle vit ses parents échanger un regard inquiet. Elle jeta un coup d'œil sur l'horloge : 6 h 30.

— À partir de quelle heure peut-on appeler le docteur K. ? demanda-t-elle.

Ils avaient pris l'habitude d'appeler ainsi leur vétérinaire, le docteur Kasanofsky.

Sa mère regarda l'heure et fronça les sourcils.

— Pas avant une heure, au moins. Il est encore très tôt.

— On pourrait l'emmener aux urgences de l'hôpital ? proposa Emily. Je veux dire l'hôpital normal, pour les personnes.

Son père secoua la tête d'un air désolé.

— Non, ma chérie, ils ne pourront pas le soigner là-bas. Je vais envoyer un mail au docteur K. Si jamais il regarde sa messagerie avant d'aller au cabinet, il pourra nous appeler. Et je vais aussi vérifier s'il n'y a pas une clinique ouverte vingt-quatre heures sur vingt-quatre à Portland.

Il sortit de la pièce d'un pas rapide, laissant Emily et sa mère aux côtés du chien. C'était un vrai supplice pour la fillette de devoir rester là sans pouvoir aider cette pauvre bête. Sa respiration n'était plus qu'un râle et il continuait de trembler de froid. Peut-être était-ce aussi dû au choc ?

— Va chercher la bouillotte, suggéra sa mère

en dépliant une autre serviette. On la mettra entre les deux serviettes, ça le réchauffera plus vite.

Emily sauta sur ses pieds et partit en quête de la bouillotte. Elle préférait mille fois s'activer plutôt qu'attendre que l'heure tourne sans rien faire. Au bout de cinq bonnes minutes, elle dénicha la fameuse bouillotte au premier étage et la descendit dans la cuisine.

Lorsque sa mère la plaça sur le corps maigre et frissonnant du chien, l'animal émit un léger gémissement.

— Je peux lui donner à boire ? interrogea Emily, incapable de tenir en place.

— Ça n'est peut-être pas indiqué..., hésita sa mère. Ne lui donne qu'un tout petit peu d'eau.

Emily attrapa un bol dans le placard, le remplit d'eau et s'approcha pour le déposer à côté du chien.

— Attends, intervint Joanne. Je préfère le lui donner moi-même.

Sans un mot, Emily tendit le récipient à sa mère. Elle savait pourtant qu'elle ne risquait rien. Jamais ce chien ne la mordrait, elle en était convaincue.

Lorsque sa mère déposa le bol devant le museau du chien, il remua un peu la queue mais ne bougea pas la tête.

De toutes ses lectures sur les animaux, Emily avait retenu que les animaux, parfois, sentaient et comprenaient des choses que les hommes ne percevaient pas. Un peu comme s'ils possédaient une sagesse innée. Cette théorie lui plaisait beaucoup et elle y croyait ferme. Elle voyait bien, par exemple, que ce chien cherchait à faire le moins de mouvements possible pour économiser ses forces.

— Tu devrais monter te changer et mettre des vêtements secs, suggéra sa mère.

Emily n'avait même pas remarqué que ses habits gouttaient. Une flaque d'eau s'était formée autour d'elle sur le carrelage. Elle grimpa dans sa chambre. Son séjour dans l'eau glaciale et sous la pluie torrentielle l'avait gelée jusqu'aux os, elle s'en apercevait maintenant. Elle n'osait pas imaginer à quel point le chien avait dû avoir froid. Le pauvre.

Elle enfila un bas de survêtement, un gilet, de grosses chaussettes en laine et une paire de baskets. Au passage, elle jeta un coup d'œil à son genou : elle avait un énorme bleu et une belle éraflure qui lui piquait.

Elle redescendit l'escalier, Josephine sur les talons. La chatte s'arrêta net lorsqu'elle aperçut la grosse masse étalée sur le carrelage de la cuisine.

Bizarrement, au lieu de se mettre à cracher et à miauler en gonflant son poil, elle s'approcha du nouvel arrivant. À pas feutrés et sur ses gardes, elle avança jusqu'à la serviette qui le couvrait, la renifla, puis effleura la truffe noire et sèche avec son museau. Une fois son inspection terminée, elle quitta dignement la pièce.

— Tiens, bois ça, dit Joanne en tendant une tasse de chocolat chaud à Emily.

Rien ne pouvait lui faire plus envie ! Elle prit la tasse et alla s'asseoir près du chien. Sa mère avait préparé pour lui un bon bol de bouillon qu'Emily posa devant sa gueule, dans l'espoir de le faire réagir. Il bougea une oreille et, pour la première fois, parut s'animer. Pour l'aider, elle pencha légèrement le bol. Il sortit sa langue, lappa le liquide, en mit autant par terre que dans sa gueule, puis reposa sa tête, épuisé par cet effort.

— Si seulement il avait un collier, soupira Joanne. On pourrait prévenir ses maîtres.

Ses maîtres ? Emily n'avait pas envisagé une seule seconde qu'il puisse avoir une maison ou des maîtres !

— Maigre comme il est, c'est forcément un chien errant ! s'exclama-t-elle. Ça m'étonnerait qu'il appartienne à quelqu'un.

Et si c'était le cas, ses maîtres ne devaient pas

être formidables. Quand on a un chien, on ne le laisse pas mourir de faim et se perdre par une nuit d'orage.

Son père les rejoignit dans la cuisine, un paquet de feuilles à la main. Il avait imprimé toutes sortes d'informations. Dont l'adresse de la clinique vétérinaire la plus proche ouverte jour et nuit. Elle se trouvait à plus de quatre-vingts kilomètres de là…

— Tu as appelé le Centre médical pour animaux de New York pour leur demander conseil ? interrogea sa mère.

— Bien sûr, répondit-il. Ils m'ont conseillé de l'emmener tout de suite chez un vétérinaire.

Joanne regarda l'horloge.

— Si nous partons maintenant, nous mettrons près d'une heure pour arriver à la clinique de garde. Autant attendre que le docteur K…

La sonnerie du téléphone l'interrompit.

Theo décrocha aussitôt et, dès ses premiers mots, Emily comprit que le docteur K. était à l'autre bout de la ligne. Après avoir répondu à quelques questions, son père écouta avec attention son interlocuteur, puis se pencha pour regarder à l'intérieur de la gueule du chien.

— Oui, indiqua-t-il au vétérinaire. Ses gencives sont en effet très pâles.

Nouveau silence. Son père hochait la tête. Elle entendait la voix du docteur K. grésiller mais ne parvenait pas à comprendre ce qu'il disait. À un moment donné, son père se leva et tint le combiné près de la tête du chien. Probablement pour que le vétérinaire puisse entendre sa respiration. Il reprit l'appareil, se tut encore un instant, puis répondit :

— Oui, oui, tout de suite. Merci.

Il raccrocha.

— Il nous retrouve à son cabinet. Il y sera avec deux de ses assistants.

Pas un instant à perdre, il fallait transporter le chien dans la voiture. Ça n'était pas une mince affaire… Theo saisit un côté de la couverture pendant qu'Emily et sa mère attrapaient l'autre. Tous trois soulevèrent l'ensemble avec d'infinies précautions et marchèrent lentement pour ne pas trop secouer le chien. Ils avaient opté pour le break de Theo, plus grand que la voiture de Joanne et plus pratique pour installer le blessé.

Ses parents autorisèrent Emily à s'asseoir à côté de lui pour lui tenir compagnie.

Après avoir attaché sa ceinture, elle caressa le cou du chien. L'animal plongea ses yeux dans les siens et posa sa tête sur ses cuisses. Durant tout le trajet, elle passa tendrement sa main dans ses poils en lui murmurant des paroles apaisantes.

À leur arrivée sur le parking de la clinique vétérinaire de l'Océan, ils aperçurent le docteur Kasanofsky qui les attendait devant. Avec sa haute taille, sa grosse barbe, ses lunettes et sa blouse blanche, il était impressionnant. À côté de lui, ses deux assistants portaient un brancard. Dès qu'ils reconnurent la voiture, tous trois se précipitèrent. Emily sortit du break pour que le vétérinaire puisse procéder à un premier examen rapide. Promenant son stéthoscope sur la poitrine du chien, il écouta les bruits du cœur et de la respiration. Il fronça les sourcils. Il écarta ensuite les couvertures et poursuivit son examen. Lorsqu'il palpa les côtes et les pattes, une ombre passa sur son visage.

— Il faut tout de suite le porter à l'intérieur, ordonna-t-il à ses assistants. Il a un pneumothorax.

Les trois hommes sortirent le chien de la voiture et le déposèrent sur le brancard avant de l'emmener à toute allure dans le bâtiment. Le père d'Emily leur tint la porte. Le temps était compté.

— Nous serons dans une salle à l'arrière, les informa le docteur K. Je reviens vous donner des nouvelles dès que je peux.

Les yeux d'Emily se remplirent de larmes. Elle fit un effort pour maîtriser sa voix.

— Est-ce que nous pouvons l'accompagner ? Pour qu'il ait moins peur.

Le vétérinaire secoua la tête.

— Non, je suis désolé. Je préfère que vous attendiez ici. Mais je vous promets que je vais faire tout ce que je peux pour lui.

Il les quitta pour se rendre au bloc opératoire.

Tous trois se retrouvèrent seuls dans la salle d'attente vide.

— C'est un excellent vétérinaire, dit sa mère. Au moins ce chien est entre de bonnes mains.

Emily acquiesça, la gorge nouée, retenant ses larmes. Le long du mur, à droite, une rangée de chaises vides les attendait. Lorsqu'elle vit son père s'asseoir et appuyer sa tête contre le mur derrière lui en fermant les yeux, elle sentit la fatigue l'envahir d'un seul coup. Ils avaient eu peu de sommeil et beaucoup d'émotions. Il était à peine 8 heures du matin, mais elle avait l'impression d'être debout depuis au moins une semaine !

Elle connaissait la clinique. Elle avait amené plusieurs fois Josephine pour des vaccins ou des visites de contrôle. Et même, quelques mois plus tôt, pour une infection respiratoire. Mais elle était aussi venue sans Josephine : quand elle avait annoncé au docteur Kasanofsky qu'elle voulait devenir vétérinaire, il lui avait proposé de passer une ou deux journées à la clinique pour observer l'équipe pendant les consultations. Ces quelques heures l'avaient convaincue de son choix. Passer son temps avec les animaux, que pouvait-elle rêver de mieux ?

Mais cette fois, c'était différent. Ils étaient venus pour faire soigner un chien grièvement blessé.

Un chien qu'elle aimait déjà et qui risquait de mourir.

Chapitre 8

Emily attendait, le cœur serré. Ses yeux se fermaient mais elle luttait contre le sommeil. Assise à côté d'elle, sa mère lui tenait la main. En temps normal, cela l'agaçait prodigieusement d'être ainsi traitée comme un bébé. Mais à cet instant, elle était bien contente de sentir ce contact doux et rassurant.

Peu avant 9 heures, les employés de la clinique commencèrent à arriver. Aussitôt l'endroit s'anima : les lumières s'allumèrent, les ordinateurs démarrèrent et les téléphones se mirent à sonner. Elle vit entrer les premiers clients : une vieille femme avec son chat siamois et un homme trapu portant un caniche nain. Tous deux avaient rendez-vous pour des rappels de vaccin.

Même s'ils avaient l'air plutôt sympathiques, elle craignait de se trouver en présence d'inconnus au moment où on leur annoncerait peut-être une mauvaise nouvelle. C'était déjà assez difficile comme ça. Elle se redressa sur sa chaise et se mit à regarder obstinément le bout de ses chaussures. Sa mère lui proposa un magazine, qu'elle refusa d'un signe de tête. Même chose lorsque son père lui suggéra de sortir pour acheter un croissant et un chocolat chaud. Lire ? Sortir ? Manger ? Comme si elle avait le cœur à ça !

Le docteur K. apparut enfin derrière les portes battantes. Avec sa blouse verte de chirurgien, il était encore plus intimidant. Au lieu de son sourire habituel, il avait une mine sérieuse. Et peu rassurante.

Après avoir salué la femme au chat siamois et l'homme au caniche, il se tourna vers Emily et ses parents.

— Ce serait mieux que nous allions dans une autre pièce, dit-il. Pouvez-vous me suivre ?

Emily sentit que son ventre se nouait. Ses parents se levèrent.

— Est-ce que tu veux venir avec nous ? lui

demanda le docteur Kasanofsky. Ou préfères-tu que je parle d'abord avec tes parents ?

— Je viens ! répondit-elle.

Le vétérinaire interrogea ses parents du regard. Après une seconde d'hésitation, ils hochèrent la tête en signe d'accord.

Il les précéda dans le couloir qui menait à une salle de consultation. Elle suivit d'un pas mal assuré et la gorge serrée. S'il voulait leur parler dans l'intimité, les nouvelles du chien devaient être mauvaises... En entrant dans la pièce, l'espace d'une seconde, elle eut l'espoir insensé de le voir allongé sur la table d'examen, la regardant de ses bons yeux chaleureux. Hélas ! aucun chien blanc ne l'attendait.

Le docteur Kasanofsky referma la porte derrière eux et les fit asseoir. Il semblait très fatigué. Ou très triste.

— Voilà..., commença-t-il. Je vais être franc : nous faisons tout ce que nous pouvons, mais il est vraiment en mauvais état. Il a plusieurs côtes cassées et l'une d'elles a perforé le poumon et provoqué ce qu'on appelle un pneumothorax. Heureusement, nous avons pu regonfler le poumon. Sa patte avant gauche a une fracture ouverte et il a une hanche déplacée. Quant à son foie, ça n'est pas brillant non plus. Nous lui perfusons beaucoup de liquide, pour compenser la perte de sang et éviter la déshydratation. Pour l'instant, nous parvenons à stabiliser son état. Mais, pour tout vous dire, ce qui m'inquiète le plus, c'est qu'il y a toujours une hémorragie interne ; je dois faire une nouvelle intervention pour savoir d'où elle vient. Et si les lésions sont aussi graves que ce que je redoute, je crains que cette stabilité ne soit que provisoire.

Avec ces termes techniques, Emily n'avait pas compris le quart de ce qu'il avait dit. En tout cas la situation était mauvaise.

— Il est… euh… il est très maigre.

C'était tout ce qu'elle avait pu articuler.

— En effet, acquiesça le docteur Kasanofsky. Je pense que cela faisait longtemps qu'il errait, parce qu'il est faible et sous-alimenté. Ce qui le rend d'autant plus fragile pour lutter contre une infection. Or, en plus du reste, je crois avoir décelé un début de pneumonie… Bref, le pronostic n'est pas bon. Il vous faut réfléchir.

Il poussa un soupir et ajouta :

— Je suis désolé de ne pas pouvoir vous donner de meilleur diagnostic.

Un épais silence régnait dans la pièce. Au bord des larmes, Emily regardait fixement le mur devant elle.

— Vous croyez qu'il faut… ?

Le père d'Emily s'interrompit avant de poursuivre sa phrase.

— Enfin… Je ne sais pas… J'ai l'impression que nous devons prendre une grave décision. Je me trompe ?

Le vétérinaire prit une profonde inspiration, l'air encore plus triste qu'avant.

— En effet, confirma-t-il. Je pense malheureusement qu'il faudrait…

De quoi parlaient-ils ? Que voulaient dire ces mines de comploteurs ? Elle mit quelques secondes avant de comprendre. Piquer le chien ? L'endormir pour toujours ? Hors d'elle, elle lança un regard accusateur à son père.

— On ne peut pas faire ça, Papa ! Ça serait… Non, on *doit* le sauver. Tu n'as pas le droit d'abandonner comme ça !

— Il ne s'agit pas d'abandonner, répondit son père avec douceur. Il est mal en point et je ne pense pas que ce soit nécessaire de prolonger ses souffrances.

Rien à faire, ça ressemblait à un abandon ! Emily était convaincue qu'il pourrait s'en sortir si on lui en laissait le temps.

Sa mère s'approcha d'elle et la prit dans ses bras.

— Je sais que c'est dur, ma chérie, murmura-t-elle.

Mais nous devons avant tout penser à ce qui est le mieux pour lui, pas à notre chagrin.

Pourquoi les adultes étaient-ils toujours si raisonnables ? Elle avait envie de crier, de pleurer, de hurler face à une telle injustice. Elle alla se blottir dans les bras de sa mère en fermant les yeux. À quoi bon les avoir suivis dans cette pièce et avoir dû écouter le discours du docteur Kasanofsky si maintenant ils ne lui demandaient même pas son avis ? C'était toujours pareil. Ils prétendaient vouloir tenir compte de son opinion, mais elle avait l'impression qu'ils le faisaient seulement quand elle était d'accord avec eux.

Son père voulut à son tour la serrer dans ses bras, mais elle s'écarta d'eux. Elle n'avait pas envie qu'ils la consolent. Pour l'instant, elle avait besoin d'être seule. À l'autre bout de la pièce, juste à côté du réfrigérateur où le vétérinaire conservait des médicaments, il y avait une chaise. Elle s'y installa et regarda droit devant elle à travers la fenêtre, tournant le dos aux adultes.

Personne ne parlait. Le silence dura un moment. Enfin, sa mère s'éclaircit la gorge et s'adressa au docteur Kasanofsky.

— Est-ce que vous pensez qu'on pourrait continuer à le soigner ?

— Je n'en suis pas certain, répondit doucement

le docteur. J'aimerais pouvoir vous dire le contraire, mais ça ne serait pas…

Il soupira d'un air désolé.

— Ses blessures sont très graves et je suis loin de croire qu'il puisse guérir. Et même si c'était le cas, ce serait très long et il resterait handicapé. Il ne pourrait même pas remarcher normalement.

— Mais il a fait tant d'efforts pour rester en vie ! lança Emily d'une voix calme, les yeux toujours rivés à la fenêtre. Vous voyez bien tout ce qu'il a enduré, tout ce qu'il a traversé pour être encore là. Et la manière dont il se comporte avec nous, comme s'il attendait que nous le sauvions.

— Tu as raison, reconnut le vétérinaire. C'est pour ça que la décision est difficile à prendre. Mais nous avons un peu de temps.

Voilà qui était mieux : le docteur K., lui, semblait avoir l'intention de prendre en compte son avis. Elle s'efforça d'avoir les idées claires. Bien sûr qu'elle détestait que ce chien souffre, et elle ne voulait surtout pas qu'il ait encore plus mal. Mais le laisser partir lui semblait une mauvaise idée.

Emily se retourna et regarda le docteur Kasanofsky.

— Que feriez-vous si c'était votre chien ? demanda-t-elle.

— Je ne sais pas, répondit-il.

S'appuyant contre le mur, il croisa les bras et réfléchit un moment.

— Le pronostic est mauvais. Mais ce chien est jeune. Et le fait qu'il ait survécu à tout ça montre un caractère fort et déterminé.

Il s'interrompit un instant avant de poursuivre :

— Je ne peux pas prendre cette décision à votre place. Mais je peux vous proposer la chose suivante : nous avons fait le maximum pour lui éviter de souffrir et nous allons le surveiller de près, voyons comment il passe cette journée et reparlons-nous après.

Excellente idée ! Cela convenait parfaitement à Emily. Par chance, ses parents étaient aussi d'accord avec cette solution. Ils discutèrent encore un moment avec le docteur K. et décidèrent de rester à la clinique. De toute manière, elle n'aurait pas eu la tête à s'amuser en laissant derrière elle le chien dans un si mauvais état.

Ils retournèrent dans la salle d'attente et s'armèrent de patience. Ce fut un long défilé d'animaux en tous genres. Surtout des chats et des chiens, mais aussi un perroquet et même un singe ! Ça criait, grognait, miaulait dans tous les sens. Au début, Emily s'amusa avec les animaux, mais au bout d'un moment elle en eut assez d'être enfermée dans ce tintamarre. Elle sortit prendre l'air et marcher un peu. Jamais elle n'aurait imaginé qu'attendre pouvait être si fatigant.

La pluie continuait de tomber et il faisait froid. Emily avait laissé son sweat à l'intérieur mais elle préférait encore être mouillée plutôt que de retourner dans ce chaos.

Comme la plupart des propriétés de Bailey's Creek, la clinique donnait sur la mer et possédait un ponton privé. Il arrivait au vétérinaire de faire ses visites en bateau quand la neige rendait les routes impraticables.

Elle traversa le parking et descendit la petite allée de gravier qui menait au ponton. Le long du chemin, sur la droite, de grands rochers surplombaient la mer. Malgré son genou encore un peu douloureux, elle entreprit d'escalader la pierre humide. Elle monta jusqu'en haut d'un rocher en prenant garde de ne pas glisser. Une fois assise, elle contempla l'océan. Dans cette partie de la baie, la mer restait calme par tous les temps. Devant elle, des vagues d'un gris sombre clapotaient doucement contre le ponton. L'orage avait découragé les plaisanciers, il n'y avait aucun voilier au large. Pour le mois d'août, c'était exceptionnel ! Quelques mouettes tournoyaient dans le ciel et rasaient l'eau à la recherche de nourriture.

Elle aperçut même un cormoran. Ce jour sombre ressemblait à une grise journée d'automne.

Alors Emily laissa libre cours à sa tristesse et se mit à pleurer à chaudes larmes. Elle avait beau savoir que le docteur K. et son équipe feraient tout leur possible pour sauver le chien, elle avait compris que les chances de réussite étaient minces.

Elle adorait les animaux depuis toujours. Une passion ! Pour lui faire plaisir, cinq ans auparavant, ses parents lui avaient offert Josephine. Emily ne pouvait plus imaginer la vie sans elle. C'était son amie, sa compagne de jeu, sa confidente. Mais elle avait toujours rêvé d'avoir aussi un chien. Depuis deux ans, elle harcelait ses parents : à son anniversaire comme à Noël, elle leur en demandait un ! Dans un mois, c'était son anniversaire et, cette fois, ils avaient fini par promettre qu'ils réfléchiraient sérieusement à l'idée de prendre un chien à la SPA. Elle avait bondi de joie !

Sauf que maintenant c'était ce chien-là qu'elle voulait. Pas un autre. Elle avait du mal à se l'expliquer, mais, dès les premiers instants, elle avait éprouvé le sentiment de l'avoir toujours connu. Toujours attendu. Chaque fois qu'il l'avait regardée avec ses grands yeux brillants, c'était évident : ils se comprenaient. Elle sentait entre elle et lui un lien particulier, unique.

L'idée de le perdre lui était insupportable. Et elle ne pouvait rien faire pour l'aider.

Sauf espérer.

Chapitre 9

Emily resta assise là un bon moment, perdue dans ses pensées.

— Je me suis dit que tu avais peut-être besoin de ça, lança soudain une voix en contrebas.

Sa mère se tenait sur le chemin et lui montrait son sweat rouge.

— Non, merci. Pas la peine.

Sans insister, Joanne le posa sur un rocher.

— Ton père est allé chercher de quoi déjeuner, il revient dans cinq minutes. Tu n'as même pas pris de petit déjeuner. Je voudrais que tu descendes manger quelque chose avec nous. D'accord ?

Manger ? C'était bien le dernier de ses soucis.

Elle hocha malgré tout la tête pour faire plaisir à sa mère. Celle-ci escalada les rochers et s'installa près d'elle.

La pluie tombait toujours. Toutes deux observèrent en silence les manœuvres d'un bateau qui pêchait le homard. Il s'arrêtait à chaque bouée, les pêcheurs relevaient les casiers, puis le bateau repartait.

— Tu crois qu'il a mal ? demanda Emily au bout d'un moment.

— Non, répondit sa mère. Ils lui donnent des médicaments contre la douleur.

Quel genre de médicaments prenait un chien ? De l'aspirine ? Des médicaments spéciaux pour les chiens ?

Il n'était probablement pas encore sorti de la salle d'opération. Et s'il ne se réveillait pas ? Elle chassa aussitôt cette pensée.

— Quoi qu'il arrive, tu as fait tout ton possible pour le sauver, poursuivit sa mère. Je suis fière de toi.

— Je suis juste allée voir ce qui se passait, répondit-elle.

— D'après ton père, tu as fait beaucoup plus que ça !

Le compliment la touchait, mais elle hésitait à en dire plus. Elle avait désobéi et pris des risques.

— Je n'avais pas imaginé tout ça, tu sais. Papa était vraiment fâché contre moi…

— Non, il a surtout eu peur pour toi, rectifia sa mère. Ça n'est pas la même chose.

— Mais je n'avais pas le choix, il fallait que je plonge ! se défendit-elle. Toi aussi, tu es fâchée ? Oh ! non… Tu ne vas pas t'énerver ?

En général, ses parents ne criaient pas. Ils étaient plutôt du genre à parler d'une voix calme et raisonnable. Cela pouvait durer des heures. À tel point qu'elle ne savait plus si c'était une discussion ou une dispute.

— Pas aujourd'hui, lui assura sa mère. Mais quand même… Tu as beau être une excellente nageuse, la mer peut être très dangereuse. Surtout pendant un orage.

Devant leur maison, les courants étaient parfois puissants. Lorsqu'elle voulait nager, ses parents la conduisaient à la plage. Et elle ne montait jamais sur un bateau sans gilet de sauvetage.

— Je veux que tu me promettes de faire attention dorénavant, et de ne plus agir comme ça, conclut sa mère. Sinon je ne pourrai plus te faire confiance.

Emily hocha la tête. Le message était passé.

Est-ce que tous les parents du monde étaient aussi inquiets ? Les siens avaient toujours peur qu'il ne lui arrive quelque chose. Bien plus que les parents de ses amies. Peut-être parce qu'ils étaient un peu plus vieux qu'eux lorsqu'ils l'avaient adoptée ? Et puis elle était fille unique, cela devait aussi compter.

Sur le bateau, les pêcheurs avaient relevé un nouveau casier. Ils trièrent les homards, rejetant à la mer ceux qui étaient trop petits et conservant ceux qui avaient la taille autorisée. Une fois l'opération terminée, ils redescendirent le panier dans l'eau.

— Tu trouves que c'est égoïste de vouloir le maintenir dans cet état ? murmura Emily.

Sa mère garda le silence un moment. À l'inverse de son père, qui changeait rarement d'avis, elle avait tendance à envisager un problème sous tous ses aspects et pouvait revenir sur son idée première.

— Non, pas pour l'instant, répondit-elle finalement. Mais nous devons quand même nous préparer à prendre une certaine décision. Aussi difficile soit-elle.

Emily sentit un nœud dans sa gorge. Lorsqu'elle avait six ans, ils avaient dû faire piquer un chat vieux et malade qu'ils avaient trouvé dans le jardin. Elle se souvenait que ses parents étaient revenus de chez le vétérinaire avec un panier vide et que sa mère s'était enfermée dans sa chambre en pleurant. C'était horrible ! Du coup, elle aussi avait fondu en larmes et elle avait rejoint sa mère sous la couette, où elles étaient restées jusqu'au dîner.

— On doit lui donner un nom, annonça-t-elle.

Sa mère lui lança un regard étonné.

— Si jamais ça ne se passe pas bien, il faut qu'il ait un nom et qu'il sache que des gens l'aimaient.

Sa voix trembla lorsqu'elle prononça ces derniers mots. D'un geste rapide, elle s'essuya les yeux.

— Tu as raison, acquiesça sa mère. Comment veux-tu l'appeler ?

— Zack, répondit-elle sans réfléchir.

Simplement parce que le nom lui allait bien.

— Allons-y pour Zack, c'est un très beau nom, dit sa mère en passant son bras autour de ses épaules.

Lorsqu'elles virent arriver la voiture de Theo, elles descendirent des rochers. Les bras chargés de paquets, il vint à leur rencontre. Il avait acheté de quoi nourrir tout le personnel de la clinique ! Ils s'installèrent devant le bâtiment, à l'abri de la pluie. Emily se força à manger un sandwich et un paquet de chips. Ainsi, sa mère serait un peu moins inquiète… Et puis ça aidait à passer le temps. Ce fut plus facile d'avaler le dessert : un bon brownie bien moelleux et chocolaté.

Après avoir rangé les restes, ils retournèrent dans la salle d'attente. De nouveau les heures interminables au milieu des miaulements, des gémissements et des aboiements. Malgré le vacarme et l'inquiétude, Emily faillit s'endormir à plusieurs reprises. Gary, un des assistants du docteur Kasanofsky, vint les voir en coup de vent pour leur donner des nouvelles : le chien – Zack ! – était retourné en salle d'opération. L'attente reprit. Le temps semblait suspendu. Les minutes duraient des heures, les heures des siècles. Heureusement que ses parents étaient avec elle. Même s'ils ne parlaient pas beaucoup, elle se sentait moins seule.

À 18 heures, ils étaient toujours là. Le cabinet fermait, mais ils avaient l'autorisation de rester. Seuls, de nouveau, et dans le calme. Mais avec une angoisse grandissante.

Peu après 19 heures, le docteur Kasanofsky les rejoignit dans la salle d'attente. Son visage était sombre. Avant même qu'il ait ouvert la bouche, elle avait compris.

— Je suis désolé…, lâcha-t-il dans un soupir. Je crois que c'est le moment.

Chapitre 10

Emily devait être forte. Le moment était venu, il l'avait dit. Luttant contre les larmes, elle hocha la tête. Puis la baissa, prenant son visage dans ses mains. Les adultes parlaient. Elle n'avait pas envie de connaître les détails. Une seule pensée tournait dans son cerveau : ils allaient endormir son chien. Pour toujours.

— On peut le voir ? demanda-t-elle.

— Bien sûr. Laisse-moi juste retourner un instant là-bas et ensuite vous pourrez venir.

Lorsqu'il tourna le dos, elle craqua. De grosses larmes coulèrent sur ses joues. Ses parents la prirent dans leurs bras et la consolèrent comme ils pouvaient. Eux-mêmes semblaient sur le point de pleurer.

Quelques minutes plus tard, une autre assistante – Linda – apparut et leur fit signe de la suivre. Ils entrèrent dans une petite salle. La lumière était basse. Le chien était allongé sur la table d'examen, immobile. Les yeux fermés. Le corps relié par des tubes à toutes sortes d'appareils ainsi qu'à une perfusion. Des bandages et des pansements recouvraient son poil qui, par endroits, avait été rasé. Sa patte avant gauche était plâtrée.

Il paraissait si petit, tout à coup. Si fragile. Respirant à peine.

Quand elle le vit, elle comprit que la décision – si dure soit-elle – était la bonne.

Le docteur Kasanofsky s'approcha d'elle et posa sa main sur son épaule.

— Je suis désolé. Il est trop gravement blessé.

Elle hocha la tête. Ses larmes coulaient, elle ne s'en rendait même pas compte. Surtout, cela lui était égal. Plus grand-chose n'avait d'importance à cet instant.

— Est-ce qu'il souffre ?

— Non. Je ne crois pas qu'il puisse sentir quoi que ce soit.

Elle prit le mouchoir que lui tendait sa mère.

— Je… je peux lui di… dire au revoir ?

— Bien sûr, répondit le vétérinaire. Je vous laisse ici. Prenez le temps qu'il faut.

Sur ces paroles, il quitta la pièce avec ses deux assistants et ferma la porte derrière lui.

Dès qu'ils furent seuls, tous les trois se regardèrent, émus. Emily fondit en larmes. À tour de rôle, ses parents la prenaient dans leurs bras pour la réconforter.

— C'est si triste, fit son père. Je ne sais pas quoi dire pour t'aider.

— J'étais pourtant certaine qu'il s'en sortirait…, hoqueta Emily, convaincue au plus profond d'elle-même.

Ils se tenaient debout à côté de la table, les yeux posés sur le chien. Une dernière fois.

— Est-ce que je peux rester seule avec lui ? Juste un petit moment.

Ses parents échangèrent un bref regard, puis hochèrent la tête.

— Nous restons dans le couloir, si tu as besoin de nous, indiqua sa mère.

Après leur départ, Emily s'approcha tout près et regarda son chien – son Zack. Il n'avait pas bougé d'un millimètre depuis qu'ils étaient là. Comme s'il était déjà parti. La vie, la mort… Cela lui semblait très abstrait, elle n'y avait jamais vraiment pensé jusqu'à présent. Savait-il qu'elle était là ? Ou était-il déjà loin, très loin d'ici ?

— Je t'ai donné un nom, murmura-t-elle. C'est

peut-être bizarre, mais je voulais que tu aies un nom. Je sais que tu ne m'entends pas, mais je voulais te dire que tu appartiens à quelqu'un…

Les sanglots l'interrompirent. Elle avait du mal à parler.

— … que tu n'es plus seul. Et que tu as été très courageux.

Elle aurait voulu le toucher, le caresser, mais tous ces tubes et ces bandages l'intimidaient. Après tout, en faisant bien attention… Ça ne pouvait de toute manière pas être pire. Elle approcha la main, hésita. Et s'il était froid, et raide ? Peut-être était-il déjà mort ?

Elle se crispa à cette idée. Puis elle eut honte. Comment pouvait-elle réagir ainsi ? Ses parents avaient raison : il fallait avant tout penser au chien et non à soi-même. Penser à Zack.

Elle contourna la table pour être derrière lui, glissa son bras gauche sous sa tête et referma son bras droit sur lui. Le serrant légèrement contre elle, elle se pencha tout près de son oreille.

— Tu es le chien que j'ai toujours rêvé d'avoir, murmura-t-elle. On se serait tellement amusés, toi et moi. Je t'aurais envoyé des bouts de bois ou des balles pour que tu me les rapportes. On aurait joué au ballon. Je t'aurais donné de la nourriture sous la table sans que mes parents me voient.

Un instant, elle crut le sentir bouger… Mais c'était impossible ! Elle le savait bien. Elle se tut quelques minutes, pleurant à chaudes larmes, avant de poursuivre.

— Je me serais bien occupée de toi, Zack. Je t'aurais acheté une jolie gamelle rouge et un beau panier avec un gros coussin confortable.

Elle s'interrompit, guettant un mouvement, une réaction. Mais il restait désespérément immobile, les yeux clos.

— On aurait fait des super promenades ensemble, sur la plage, dans les bois. Et aussi, on serait restés au chaud à la maison, allongés devant le feu l'un contre l'autre. J'aurais été la meilleure maîtresse…

Non, ça n'était pas ce qu'elle voulait dire.

— J'aurais été ta meilleure amie.

Elle serra ses bras un peu plus fort pour profiter au maximum de ces derniers instants. Ses parents et le docteur Kasanofsky risquaient de rentrer dans la pièce d'une seconde à l'autre.

— Tu es le meilleur chien du monde. Je ne t'oublierai jamais. Jamais…

Sa voix se brisa. Elle enfouit son visage dans la fourrure de Zack. Une dernière étreinte. Quelques secondes encore.

Puis elle se redressa : il était temps de partir,

maintenant. Encore un dernier baiser, sur le poil doux de l'oreille, avant de tourner les talons. La tête baissée, elle se dirigea vers la porte. Sans un regard en arrière. C'était trop dur.

Au moment où elle appuyait sur la poignée, elle crut entendre… un soupir. Enfin… un bruit qui ressemblait à un soupir. Elle regarda derrière elle. Mais non, Zack n'avait pas bougé d'un millimètre. Elle avait dû rêver… Déçue, elle saisit la poignée.

Soudain, de nouveau, le même bruit.

Cette fois, elle l'entendit clairement. C'était un aboiement.

Très faible, mais bel et bien un aboiement.

Chapitre 11

D'un bond, Emily fit demi-tour.

— Zack ? appela-t-elle à mi-voix.

Elle avait l'impression que ses yeux étaient ouverts ! Mais il faisait si sombre dans la pièce qu'elle n'en était pas sûre.

— Zack ! répéta-t-elle.

Il leva la tête et, très lentement, se redressa. Avec beaucoup de difficultés, comme dans un film au ralenti, il s'assit.

Incroyable ! Elle resta plantée là une seconde, la bouche ouverte, sans pouvoir émettre le moindre son. Puis elle se ressaisit et se précipita vers la porte.

— Maman ! Papa ! Venez vite ! s'écria-t-elle.

Ses parents et le docteur Kasanofsky surgirent dans la pièce.

— Regardez ! Il s'est levé !

Les trois adultes observèrent la scène avant d'échanger des regards entre eux. Bizarrement, ils ne semblaient pas réjouis. Lorsqu'elle se retourna vers Zack, elle comprit : le chien était allongé, les yeux fermés.

— Mais il a bougé, je vous promets ! Je l'ai vu !

— Oui, Emily, dit le docteur Kasanofsky. Mais ce que tu as vu, c'est un mouvement involontaire. Un muscle qui a bougé tout seul.

Ils l'observaient d'un air à la fois inquiet et compatissant.

— Il a même aboyé, insista-t-elle.

Peine perdue, ils ne la croyaient pas. Pire, ils devaient penser qu'elle délirait. Elle eut envie de crier « Zack, réveille-toi, s'il te plaît ! », mais elle se contenta de poser sa main sur sa tête en murmurant doucement son nom.

Alors le chien ouvrit les yeux et plongea son regard dans le sien. Puis, avec un léger gémissement, il se leva. Très lentement. Très douloureusement. Cela sembla durer un temps infini. Emily retenait son souffle. Enfin, il réussit à se tenir debout, sur ses trois pattes valides. Mais en tremblant si fort qu'elle craignit qu'il ne tombe.

Il remua la queue.

Un grand silence régnait dans la pièce.

— Waouh ! s'exclama un des assistants en arrivant.

C'était plus que ça : c'était génial !

Tout alla très vite ensuite. Le docteur Kasanofsky examina Zack avec attention : les signes vitaux étaient bons et stables. Tout n'était pas encore joué, mais le pronostic était nettement meilleur qu'une heure auparavant.

Le vétérinaire leur expliqua comment les choses allaient se passer : il prévoyait de rester sur place encore quelques heures pour surveiller Zack, puis Linda le relaierait pour la fin de la nuit. Emily et ses parents pouvaient rentrer chez eux tranquillement, et revenir le lendemain matin. La fillette était un peu inquiète à l'idée de laisser son chien, mais elle savait qu'il était entre de bonnes mains.

Lorsqu'elle arriva à la maison et se mit à table, elle mesura soudain à quel point elle était épuisée. Une immense fatigue lui tombait dessus et elle parvenait à peine à garder les yeux ouverts. Ses parents n'étaient guère plus vaillants : ils piquaient du nez dans leurs assiettes.

— Sacrée journée, commenta son père.

Ça, on pouvait le dire !

Après le dîner, Emily fit un effort pour se lever de sa chaise.

— Une douche rapide et au lit ? suggéra sa mère.

Bonne idée ! Malgré la pluie qui l'avait abondamment rincée, elle se sentait encore pleine de boue et sa peau salée la démangeait.

— Je viens t'embrasser quand tu es couchée, ajouta Joanne.

Elle accepta avec un sourire. La douche lui fit beaucoup de bien. Ensuite, elle gagna son lit douillet, Josephine à ses pieds. Sa mère remonta la couette jusqu'à son menton et lui caressa les cheveux.

— Dors vite, maintenant. Tu dois être en forme pour demain. On file à la clinique à la première heure.

— Il va passer une bonne nuit, tu crois ?

— Oui, j'en suis sûre. Il a l'air d'être un chien très fort et déterminé, la rassura sa mère.

Cette nuit-là, Emily ne fit aucun cauchemar. Elle se réveilla le lendemain matin pleine d'énergie, malgré un léger mal de gorge et un petit rhume. Ce n'était rien !

Elle s'habilla en vitesse, versa des croquettes dans le bol de Josephine et fila sur l'ordinateur pour lire ses mails. Huit messages ! Son cousin Ronald et ses copines qui ne comprenaient pas pourquoi elle n'était pas devant l'écran la veille au soir pour discuter. Ce qui était, en effet, inhabituel ! Elle répondit à chacun d'eux « J'ai trouvé un chien ! Je te raconterai plus tard » et referma l'ordinateur.

Lorsqu'elle descendit à la cuisine, ses parents étaient déjà à table en train de prendre leur petit déjeuner, une pile de journaux à côté d'eux. Comme d'habitude, son père avait l'air encore endormi – en pyjama, les cheveux en bataille, les lunettes un peu de travers. Sa mère, elle, était déjà sortie faire son tour en kayak. Ses cheveux étaient mouillés et elle portait ses chaussures de bateau ainsi qu'un pantalon imperméable par-dessus son short.

— Bien dormi ? demanda son père.

— Super bien ! Et… euh… pas de nouvelles du véto ?

— Non, répondit sa mère. Pas de nouvelles, bonnes nouvelles ! Et j'ai épluché les journaux locaux ce matin pour voir si quelqu'un avait signalé la disparition d'un chien. Rien.

Ça, c'était une excellente nouvelle !

— Je dois rester travailler ce matin, dit Theo. Tu vas aller avec ta mère à la clinique pour voir comment se porte Zack. On doit quand même vérifier qu'il n'a pas de maître. Le docteur K. va prévenir les autres vétérinaires de la région, ainsi que les cliniques et les centres d'accueil pour animaux perdus.

D'accord. Ça voulait dire qu'Emily ne devait pas s'emballer trop vite. Pourtant, c'était plus fort qu'elle : elle y croyait déjà un peu. Un peu beaucoup, même.

Pour l'instant, elle était surtout morte de faim ! Elle n'avait presque rien mangé au dîner et toutes ces émotions lui avaient creusé l'estomac. Elle dévora six tartines d'affilée avec de la confiture de framboises faite maison, ainsi qu'un bol de céréales.

Maintenant qu'elle avait le ventre plein, elle se sentait complètement revigorée. Elle sortit dans le jardin. Pile au moment où son copain Bobby passait devant la maison à vélo. Comme d'habitude, au lieu de tenir le guidon, il roulait les bras croisés sur la poitrine. Il trouvait ça tellement plus cool !

Il l'aperçut et freina. Elle courut vers lui.

— Salut, Bobby !

— Bob, corrigea-t-il.

Ah ! oui. Le jour de ses douze ans, en juin, il avait prévenu ses copains que dorénavant ils devraient l'appeler « Bob ». Ou « Monsieur ». Là, elle avait éclaté de rire. « Monsieur » ? Et puis quoi encore ? « Sa Majesté » ? « Son Altesse » ? OK pour Bob. Sauf que, depuis le temps qu'elle l'appelait « Bobby », c'était difficile de changer.

Ils se connaissaient depuis qu'ils avaient trois ans. Il était le seul enfant de son âge dans le coin et, coup de chance, ils étaient tout de suite devenus copains. Ils avaient pourtant peu de goûts en commun. Contrairement à elle, il adorait pêcher et jouer au hockey et il détestait l'école. Mais il était si drôle ! Ils passaient beaucoup de temps ensemble et s'amusaient bien : ils faisaient de grandes balades à vélo dans le quartier, ils escaladaient des rochers devant la maison, construisaient des cabanes dans le jardin... Parfois, avec le frère et la sœur aînés de Bobby, ils s'entraînaient au basket dans leur jardin, où était installé un panier.

La fête pour l'anniversaire de Bobby avait été démente ! Ses parents les avaient emmenés au parc aquatique près de la plage d'Old Orchard. Elle avait adoré ! À tel point qu'elle avait l'intention de demander la même chose pour son anniversaire, en septembre.

— Salut, Robert !

Il éclata de rire.

— OK, laisse tomber !

Depuis un an, il avait terriblement grandi. Il la dépassait maintenant d'une bonne tête. Ses cheveux blonds et épais avaient suivi la même croissance et lui tombaient désormais sur les épaules. Sa copine Karen disait qu'il ressemblait à un hippie.

— Hier, j'ai pas arrêté de tourner devant ta maison, dit-il. Y avait personne chez toi !

— On n'était pas là.

Emily avait un peu mal à la gorge. Elle toussa pour se soulager.

— En fait, hier, j'ai sauvé la vie d'un chien !

— Cool ! Tu l'as trouvé où ?

— Il était sur les rochers, devant chez les Peabody. Il était super blessé et saignait comme un dingue. Il est encore chez le véto, mais ils pensent qu'il va s'en sortir.

— Quelle race ?

— On dirait un labrador, sauf qu'il a les poils longs et qu'il est plus blanc. Je l'ai appelé Zack. En vrai, c'est Zachary, mais je dis Zack.

Elle aperçut sa mère qui sortait la voiture du garage.

— Ils vont te laisser le garder ? demanda Bobby.

En fait, ils n'avaient plus trop le choix… Et puis, elle était prête à parier qu'eux aussi s'étaient attachés à lui.

— Ouais ! Même si Papa trouve qu'il est très grand… Je ne crois pas qu'il ait un maître. Il est tout maigre.

Elle lança un regard inquiet à Bobby.

— Tu connais quelqu'un qui a perdu son chien ?

Il secoua la tête.

— Nan. Tu sais quoi ? Le cheval de M. Johnson s'est encore échappé hier. Paraît qu'il est allé dans le champ de Mme Griswold et qu'elle a hurlé, un truc de ouf !

Mme Griswold, c'était la vieille voisine méchante qui habitait six maisons plus loin. Elle vivait toute seule et ne sortait de chez elle que pour injurier quelqu'un. Comme elle n'avait pas de voiture, elle allait faire ses courses sur un antique vélo noir tout déglingué. Emily et Bobby l'avaient surnommée Miss Gulch, comme la vieille folle grincheuse dans *Le Magicien d'Oz*. Chaque fois qu'Emily passait devant sa maison, elle accélérait le pas. Ses parents, toujours polis, disaient d'elle qu'elle était « excentrique ». « Terrifiante » aurait été plus juste.

Joanne apparut sur la véranda.

— Bonjour, Bobby, lança-t-elle. Tu remercieras ton père pour les homards. Dis-lui que je vous apporterai bientôt des légumes du potager. S'ils se décident enfin à pousser !

Le jardinage… Le point noir de sa mère !

Elle était douée pour beaucoup de choses, mais pas pour ça. Elle avait beau lire une quantité astronomique de livres sur le sujet, pour l'instant, elle avait juste récolté une salade rachitique et deux tomates plutôt vertes.

Bobby sourit et hocha la tête avec enthousiasme. Peut-être trop d'enthousiasme pour être sincère.

— Super ! Merci beaucoup, madame Feingold !

— Pas la peine d'en rajouter, répondit-elle avec un sourire.

— Maman, c'est vraiment un beau jardin, je t'assure, intervint Emily. Les mauvaises herbes sont magnifiques.

Et Dieu sait qu'il y en avait !

— Elles sont surtout envahissantes, soupira sa mère.

À cet instant, Theo sortit de la maison comme un bolide.

— La clinique vient d'appeler. On doit y aller tout de suite.

Chapitre 12

Assise sur la banquette arrière, les yeux rivés sur la route, Emily avait du mal à respirer. Elle avait un gros poids sur la poitrine. Et la gorge serrée.

La clinique n'avait pas donné beaucoup de détails : l'état de Zack avait subitement empiré et il était retourné en soins intensifs.

Une fois sur place, ils apprirent qu'il avait une pneumonie et qu'on l'avait placé sous oxygène avec une bonne dose d'antibiotiques. Il était aussi question d'un nébuliseur : une sorte de gigantesque vaporisateur qui aiderait ses poumons à mieux fonctionner. Impossible de le voir pour l'instant. En bons habitués des lieux, ils se dirigèrent sans hésiter vers la salle d'attente.

Comme la veille, la pièce était remplie de gens et d'animaux en tous genres. Il y avait même un cochon ! Son père se mit à tourner en rond dans la salle, puis à faire des allées et venues pour prendre l'air. Toutes ces bestioles, ça faisait beaucoup pour lui.

Depuis qu'ils avaient quitté la maison, Emily n'arrêtait pas de tousser. Et elle avait l'impression d'avoir de la fièvre. Elle était sûrement... Comment disait sa mère, déjà, quand son père s'inquiétait pour sa santé ? Hypodrique ? Hypocondac ? Hypocondriaque ! C'était ça, elle était hypocondriaque.

— Ça va, Emily ? demanda sa mère. Tu n'as pas l'air bien.

— Je suis inquiète pour Zack.

Sa mère posa une main sur son front.

— Tu es un peu chaude, Em, dit-elle en fronçant les sourcils. Tu couves quelque chose, toi.

— Ça doit être une allergie. J'ai commencé à tousser quand je parlais avec Bobby. Je pense que je suis hypocondriaque, chuchota-t-elle. Je m'inquiète pour Zack.

— Je crois plutôt que tu es empathique, corrigea sa mère. C'est quand on s'en fait beaucoup pour quelqu'un, au point de sentir les mêmes douleurs que lui. Respire lentement et profondément plusieurs fois, ça va te faire du bien.

Plus facile à dire qu'à faire : elle avait vraiment mal ! Mais le fait de savoir que c'était dans sa tête l'aida.

— Zack est très costaud, ajouta Joanne. Il va s'en sortir.

Emily hocha la tête.

— Ça veut dire quoi, « hypocondriaque », alors ?

— Hypocondriaque, c'est quand on croit avoir toutes les maladies et…

Elle s'arrêta net. Le docteur Kasanofsky apparut au bout du couloir et se dirigea vers elles. Emily se rua dehors pour chercher son père.

Ils suivirent le vétérinaire dans la même salle d'examen que la veille. Il avait l'air sombre. Emily comprit que l'état de Zack n'était pas bon.

— Je suis désolé, soupira-t-il. Je vous avais prévenus hier du risque de pneumonie, mais je pensais que les antibiotiques parviendraient à l'empêcher. Hélas, Zack s'est déjà tellement battu qu'il est très affaibli. Je ne sais pas s'il pourra supporter cette épreuve supplémentaire.

Une grosse boule serra la gorge d'Emily. Elle avala sa salive avec difficulté.

— Est-ce qu'on va devoir… l'endormir ?

Il y eut un long silence.

— Nous allons d'abord essayer l'intubation. Après… pour être franc, oui, nous serons obligés d'envisager cette hypothèse. Si sa respiration continue de se dégrader, je vous conseille de le faire.

Un coup de poing dans le ventre lui aurait fait le même effet. Emily ne s'attendait pas à une réponse aussi définitive. Ses yeux se remplirent de larmes. Sa mère la prit dans ses bras en lui caressant doucement les cheveux et elle se laissa aller contre son épaule.

— Peut-on le voir ? demanda Theo.

— Oui, je pense même que cela peut être utile. On vient de lui faire une séance avec le nébuliseur et j'ai lancé des analyses pour savoir quelle option nous choisissons pour son traitement d'oxygène. Je vais voir où en sont mes assistants et je vous dis.

Au bout de quelques minutes, Gary vint les chercher. Il les conduisit dans une nouvelle pièce. Zack était allongé sur la table, la tête sous une sorte de bulle en plastique transparent, des tubes de tous les côtés. Sa respiration était irrégulière et sifflante.

— On appelle ça un « *hood* », expliqua le vétérinaire en montrant la coque en plastique. Cela permet de bien lui faire respirer l'oxygène. Nous avons dû lui injecter un calmant avant d'emprisonner sa tête là-dedans. Maintenant, nous allons envoyer de l'oxygène par ce tube et voir si ça l'aide à respirer.

Il montra du doigt un tube relié à une grosse machine.

Emily eut soudain l'impression de ne plus parvenir à respirer : ses poumons semblaient enfermés dans un étau. Une vague de peur parcourut son corps et il lui fallut quelques secondes pour comprendre que le docteur Kasanofksy était en train de lui dire quelque chose.

— Tu peux le caresser, répéta-t-il.

Lorsqu'elle toucha Zack, elle sentit qu'il tremblait comme une feuille. Son chien tremblait et c'était elle qui avait peur…

— Ça va aller, murmura-t-elle en lui effleurant la tête. Tu vas t'en sortir. On te donne des médicaments pour que tu te sentes mieux.

Le tremblement s'atténua. Le chien parut plus calme, moins tendu. Même sa respiration sembla plus régulière.

Le docteur s'approcha avec son stéthoscope. Emily s'écarta pour lui laisser la place.

— Non, non, ne bouge pas, dit-il. Continue à le caresser.

Pendant qu'elle passait affectueusement sa main dans les poils du chien, il plaça son stéthoscope à différents endroits et écouta avec attention.

— Bien, dit-il. Maintenant, éloigne-toi un peu, s'il te plaît.

Pourquoi lui demandait-il ça ? Elle le dévisagea d'un air intrigué et obéit.

Il attendit une ou deux minutes puis, de nouveau, posa son stéthoscope et écouta.

— Intéressant, marmonna-t-il comme pour lui-même.

Il se tourna vers son assistant.

— Gary, peux-tu venir ici et le caresser ?

L'homme s'exécuta, visiblement aussi intrigué qu'Emily. Le docteur Kasanofsky répéta l'opération : attente de quelques minutes, puis auscultation avec le stéthoscope.

Emily jeta un coup d'œil à ses parents : ils étaient aussi étonnés qu'elle.

À la fin, le docteur K. se redressa et se tourna vers eux.

— Emily, j'aimerais dire un mot à tes parents. Tu peux aller dans la salle d'attente ? On viendra te chercher.

— Si c'est pour l'endormir pendant que je ne suis pas là, je…

— Absolument pas ! Je ne ferais pas ça. Je veux juste tenter une expérience.

Cette idée ne plaisait pas à Emily, mais elle obéit et quitta la pièce. Au lieu de retourner dans la salle d'attente, elle s'assit dans le couloir et s'adossa au mur. Pour passer le temps, elle commença à compter les carrés au sol.

Quelques instants plus tard, son père sortit à son tour.

— Ils t'ont renvoyé aussi ?

— Non, je viens te tenir compagnie.

Ils restèrent un moment silencieux, chacun perdu dans ses pensées.

— Dis, Papa, demanda-t-elle d'un ton hésitant. Tu n'aimes vraiment pas les chiens ?

— Bah… C'est plutôt que je n'en ai pas l'habitude. Je n'en ai jamais eu. Mais lui, Zack, je l'aime bien, c'est sûr.

Ouf ! enfin une bonne nouvelle ! C'était important pour elle de savoir que son père aimait Zack.

Au bout de ce qui lui sembla une éternité, sa mère ouvrit la porte et leur fit signe d'entrer. Emily bondit sur ses pieds et se précipita dans la pièce. À la seconde où elle toucha Zack, elle comprit qu'il avait eu peur pendant qu'elle n'était pas avec lui. Très peur.

Le docteur Kasanofsky recommença son expérience : le stéthoscope dans les oreilles, il étudia les rythmes du chien tandis qu'Emily le caressait. Décidément, elle n'aimait pas ça du tout.

Quelle surprise lorsqu'elle le vit enlever son stéthoscope avec un grand sourire !

— Zack s'est déjà attaché à toi, Emily. Quand il est seul, ses signes vitaux sont catastrophiques. Quand l'un d'entre nous le caresse, c'est déjà mieux. Mais quand c'est toi, les rythmes de sa respiration et de son cœur deviennent presque normaux.

Pourquoi était-ce si surprenant ? C'était son chien. Il se sentait mieux quand sa maîtresse était avec lui. Normal.

— C'est exceptionnel, Emily ! En deux minutes, il est passé d'un état critique à un état stable. Et dès que tu n'es pas à côté de lui, ça s'aggrave de nouveau. Franchement, je ne vois aucune explication scientifique à ce phénomène.

De son côté, elle ne comprenait toujours pas ce qu'il y avait d'extraordinaire là-dedans. Elle dévisageait le docteur avec un air perplexe.

— OK, poursuivit-il. Je vais le dire différemment : plus tu seras à ses côtés, plus il aura de chances de s'en sortir.

Voilà. Maintenant elle comprenait beaucoup mieux !

Chapitre 13

Les parents d'Emily et le docteur Kasanofsky se mirent d'accord : si elle dormait et mangeait correctement, elle pourrait passer ses journées à la clinique.

Les jours suivants, elle resta ainsi de nombreuses heures auprès de Zack. Sur les conseils du docteur K., elle apportait toujours avec elle quelques friandises pour l'encourager à manger : des morceaux de viande de bœuf séché ou des biscuits fourrés à la volaille. Elle adorait se rendre à l'animalerie et choisir toutes sortes de bonnes choses pour lui. Elle en profitait pour raconter à Mme Sheldon – la propriétaire – à quel point Zack était exceptionnel !

Dès l'instant où Emily arrivait dans la pièce où se trouvait Zack, celui-ci semblait tout de suite plus détendu. Presque comme s'il souriait ! Pendant que son père ou sa mère s'asseyait dans un coin pour lire ou travailler, elle s'installait à côté de Zack et lui parlait à voix basse, sans cesser de le caresser. Josephine, la maison, sa chambre, le jardin : elle lui décrivait tout ce qui l'attendait à son retour. Elle avait tellement hâte qu'il soit enfin là ! Il réagissait de temps à autre à une phrase, à un mot. Pour elle, c'était évident : il écoutait et comprenait tout.

Un des passe-temps favoris d'Emily était le dessin. Dès son plus jeune âge, elle avait suivi des cours et participé à des ateliers. Elle avait appris des techniques différentes et pouvait réaliser toutes sortes d'œuvres, mais le crayon et la gomme restaient ses outils préférés. Et avec ses beaux yeux marron foncé et ses oreilles soyeuses, Zack était un modèle idéal ! Emily apporta donc son bloc et passa des heures à le dessiner sous tous les angles. En trois jours, elle fit une cinquantaine de croquis.

En fin d'après-midi, elle faisait souvent un petit somme, en même temps que Zack. Le traitement avec le nébuliseur le fatiguait beaucoup. Mais il retrouvait chaque jour un peu plus de forces : sa respiration redevenait normale et il ne toussait presque plus. Il était sur la voie de la guérison !

Une autre bonne nouvelle rassurait Emily : personne ne s'était manifesté auprès des vétérinaires ou des centres d'accueil pour réclamer un chien blanc qui aurait disparu. Après tant d'épreuves, le ciel s'éclaircissait.

Le docteur Kasanofsky lui montra comment pratiquer le massage qui aidait les poumons de Zack à retrouver leur capacité. Généralement, c'était lui ou un de ses assistants qui le faisait, mais parfois il la laissait opérer sous leur contrôle. Les deux mains à plat sur la cage thoracique, elle effectuait des mouvements circulaires avec une légère pression.

Bientôt, le docteur K. suggéra que Zack commence à faire quelques pas dans la pièce. Matin et après-midi, Emily l'accompagnait dans cette petite promenade. La première fois, l'idée de le voir sur trois pattes, alors qu'il était encore bien faible, ne la rassura guère… Mais il se débrouillait très bien. Il paraissait si content de pouvoir enfin bouger. Il remuait constamment sa queue. Quand il était fatigué, il posait sa tête contre le mollet d'Emily. C'était le signe qu'il fallait s'arrêter. Un des assistants le remettait alors dans sa cage. Emily avait toujours un pincement au cœur à ce moment-là.

Le simple fait d'être assise à côté de la cage la rendait claustrophobe ; alors être enfermé dedans à longueur de journée, quel enfer !

Le vendredi fut le grand jour : ils firent une promenade dehors ! Emily était très excitée, elle parlait sans cesse et riait à tout bout de champ. Avec sa mère et le docteur K., ils emmenèrent Zack sur le parking devant la clinique. Quel bonheur de le voir ainsi trotter joyeusement, renifler toutes sortes d'odeurs et s'agiter dans tous les sens ! Il était plein d'énergie. Une mouette eut même la peur de sa vie en voyant cette boule de poils blanche lui sauter dessus par surprise !

Après ce petit tour, il se dirigea sans hésiter vers la voiture des parents d'Emily et s'assit à côté de la portière arrière.

Emily lança alors un regard interrogateur au docteur K.

— Eh bien, je crois qu'il est temps que mon patient rentre chez lui ! lança gaiement le vétérinaire. Demain matin tu pourras enfin récupérer ton nouvel ami.

Zack, chez elle, dans sa maison ? Un sourire radieux illumina le visage d'Emily et elle se précipita vers son chien pour le serrer dans ses bras. En faisant attention de ne pas lui faire mal…

— Tu as entendu ça ? Demain tu seras à la maison !

En guise de réponse, Zack remua la queue encore plus fort et lança de joyeux aboiements. Il avait compris, bien sûr !

Ce jour-là, sur le trajet du retour, sa mère et elle s'arrêtèrent à l'animalerie pour acheter tout un tas d'accessoires nécessaires pour accueillir Zack dignement : un beau collier en cuir rouge avec une laisse assortie ; un grand coussin rembourré recouvert d'un tissu bleu foncé ; une brosse spécial poils longs ; des boîtes de conserve et des sacs de croquettes ; des biscuits au saumon ; des os en peau de buffle ; une balle en caoutchouc et un pack de balles de tennis. Ce chien ne manquerait de rien !

— On prend ça ? demanda sa mère en montrant une gamelle en inox semblable à celle qu'il avait dans sa cage à la clinique.

— Non. Il n'aime pas le métal, ça lui fait mal aux dents.

— Ah bon... D'accord. Tu préfères qu'on prenne laquelle ?

Emily regarda le présentoir et en choisit une sans hésitation.

— La bleue. Il aimera, c'est sûr. En plus ça ira bien avec son coussin.

Un peu étonnée, sa mère prit une gamelle bleue et la mit dans le panier.

— Je sais que ça fait déjà beaucoup, Maman, mais est-ce qu'on peut aussi prendre quelque chose pour Josephine ? Pour qu'elle ne se sente pas exclue. Ça ne va pas être facile pour elle de voir débarquer Zack.

— Excellente idée !

Sur les conseils de Mme Sheldon, elles choisirent un arbre à chat avec une petite maison et plein de jeux rigolos, ainsi qu'une jolie écuelle à fleurs rouges pour ses croquettes. Emily était convaincue que sa chatte aimait les belles choses.

Avant de quitter le magasin, elles appelèrent Theo pour lui annoncer la bonne nouvelle. Quand elles arrivèrent à la maison, il avait déjà aménagé un espace dans le salon pour installer le coussin de Zack.

— Merci, Papa. Mais… il ne va pas dormir dans ma chambre ?

— Oh… C'est comme ça, d'habitude, avec les chiens ?

Emily et sa mère hochèrent la tête avec un grand sourire.

— D'accord, j'ai compris ! grommela-t-il en haussant les épaules. Je ne savais pas, moi…

Durant le dîner, Emily était tellement enthousiaste qu'elle en oubliait de manger ! Depuis le temps qu'elle attendait ce moment, elle avait des milliards d'idées et de projets avec Zack. Ce serait formidable !

Après le dîner, elle continua de discuter avec son père pendant que sa mère travaillait à la préparation d'un cours de sciences politiques. Un détail la tracassait : était-ce une bonne idée que Zack dorme à l'étage ? En tout cas au début ? Avec sa patte dans le plâtre, cela risquait d'être un peu compliqué pour lui. Ils décidèrent que la meilleure solution était de lui fabriquer un autre panier qu'ils laisseraient dans le salon.

— Et comme ça, il pourra regarder la télévision avec nous ! s'exclama Emily.

— Oui, ça serait dommage qu'il rate les matchs, hein ? C'est important pour son éducation et son intégration dans la famille.

Ils récupérèrent un grand carton dans l'atelier de son père dont ils découpèrent les bords. Emily fila ensuite dans la buanderie pour prendre des vieilles serviettes de bain trouées et ils les étalèrent dans le fond du carton pour faire un matelas confortable. Parfait ! Ça manquait juste d'un peu de décoration. Emily prit ses feutres, écrivit « Zack » en grosses lettres bien visibles, et dessina des oiseaux, des animaux et des ballons pour égayer le tout.

Josephine les rejoignit. Elle tourna autour du panier, humant les odeurs. Une fois l'inspection terminée, elle sauta dans le carton et s'installa sur le matelas. À l'aise. Un peu plus tôt, elle avait ostensiblement ignoré l'arbre à chat et s'était allongée sur le coussin de Zack dès que son père l'avait posé dans la chambre d'Emily. Au moins, c'était clair.

— J'ai comme l'impression que ça ne va pas être facile pour Zack..., lâcha Theo.

En effet, Josephine ne semblait pas prête à lui faire le meilleur accueil.

Emily était en train de finir de dessiner lorsque sa mère arriva dans le salon.

— Qu'est-ce que tu en penses ? lui demanda-t-elle.

— Magnifique ! Ça me donne même envie de m'y allonger tout de suite.

Il était l'heure d'aller se coucher, mais Emily n'avait pas du tout sommeil. Elle était si impatiente d'être au lendemain qu'elle ne pourrait pas fermer l'œil de la nuit ! Pourtant, une fois dans son lit, elle s'endormit aussitôt.

Lorsqu'elle se réveilla le lendemain, le soleil illuminait sa chambre. Elle s'étira paresseusement, savourant la grasse matinée qui s'annonçait.

Mais non !

Elle bondit sur ses pieds.

Aujourd'hui, *son* chien arrivait à la maison !

Chapitre 14

Elle avala son petit déjeuner et prit sa douche à toute allure. Puis elle pressa ses parents : ils devaient partir maintenant, arriver dès l'ouverture, ne pas être en retard, Zack les attendait…

Évidemment, quand la voiture se gara devant la clinique, la grille était encore fermée : ils avaient une bonne demi-heure d'avance. Lorsque Rhoda, la directrice de la clinique, ouvrit enfin la porte, elle sourit en apercevant Emily.

— Alors, c'est le grand jour ? Tu es impatiente, on dirait.

— *Très* impatiente ! répondit Emily.

Zack fut examiné une dernière fois avant qu'Emily lui mette son nouveau collier et y attache sa laisse.

Pendant ce temps, les assistants donnaient à sa mère les médicaments que Zack devait prendre pendant encore quelques semaines. Plusieurs rendez-vous furent notés, pour un contrôle régulier de ses poumons et de sa patte. Le père d'Emily, lui, regardait toute cette agitation de loin, l'air mi-inquiet mi-amusé.

Enfin, ils se dirigèrent vers la sortie. Emily, très fière, tenait son chien en laisse. En passant devant la salle d'attente, ils entendirent des applaudissements. Visiblement, l'histoire de Zack était connue !

— Il a de la chance, ce chien ! s'exclama un homme.

Pour sa part, Emily avait plutôt l'impression que c'était elle qui avait de la chance…

Une fois dans la voiture, Theo tendit à Joanne la facture de la clinique. Elle l'examina, poussa un soupir et la lui rendit.

— Il faut juste espérer que nous n'aurons pas de gros travaux cette année, lâcha-t-elle.

Emily n'avait pas pensé une seconde à la somme d'argent que représentaient tous ces soins. Maintenant, elle se sentait responsable. Bon. Première chose : elle renonçait à son argent de poche pour les cinq années à venir.

— Je suis désolée. C'est vraiment très, très cher ?

— C'est simple : j'espère que tu n'auras pas besoin d'un appareil dentaire, répondit son père. Et on peut oublier les cours de natation. Et aussi : plus de cinéma, limitation de la garde-robe au strict minimum…

— Theo, arrête de la faire marcher ! lança sa mère.

Elle se tourna vers Emily.

— Tu es contente ?

— Plus que contente ! C'est le plus beau jour de ma vie !

— Parfait ! Alors je ne vois pas de meilleure manière de dépenser notre argent. Et maintenant, mets ta ceinture.

Emily s'exécuta aussitôt. C'était dommage qu'elle ne puisse pas attacher Zack… Mais ça n'était pas prévu. Allongé à côté d'elle sur la banquette, la tête sur ses cuisses, il était bien installé.

— Merci, dit-elle. Vraiment, merci, c'est le plus beau cadeau que je pouvais espérer !

— Je t'en prie, répondit son père. Mais ne compte plus sur le moindre cadeau pour ton anniversaire ou Noël ou…

— Arrête, maintenant ! le coupa sa mère en riant. Et conduis.

Il fit le salut militaire, puis démarra la voiture. Ses parents passaient leur temps à se chamailler comme des enfants. Parfois, même, elle avait l'impression que c'était elle l'adulte.

En arrivant à la maison, ils aperçurent leur voisine, Mme Peabody, en train de sortir des courses de sa voiture. Dès qu'elle les vit, elle posa ses sacs sur le trottoir et vint à leur rencontre.

— Voici donc le fameux Zack ! s'exclama-t-elle.

Les parents d'Emily lui avaient raconté l'histoire du sauvetage du chien. Après tout, c'était sur leurs rochers qu'il s'était échoué, il était normal qu'elle connaisse les détails.

— Lui-même, répondit Emily, très fière.

Le chien remua la queue en regardant Mme Peabody.

— Il a l'air adorable, remarqua-t-elle.

Elle lui donna une caresse et retourna à sa voiture.

Incroyable comme il avait changé en si peu de temps ! Son poil était déjà bien plus brillant et épais – il aurait d'ailleurs bientôt besoin d'un bon bain… Il s'était aussi un peu remplumé : on voyait moins ses côtes et, dans l'ensemble, il paraissait plus costaud. Ses beaux yeux marron étaient si foncés qu'ils paraissaient presque noirs. Avec sa fourrure blanche, c'était élégant ! Rien à dire : il était sacrément beau.

Découvrant le jardin, Zack se mit à trotter dans tous les sens pour explorer chaque recoin de ce nouveau paradis. Emily le laissa quelques minutes gambader sur ses trois pattes avant de l'emmener vers la maison.

Elle poussa la porte et découvrit Josephine plantée au milieu de la cuisine. Dès l'instant où la chatte vit Zack, elle poussa un long miaulement, cracha, se transforma en une grosse boule de poils hérissés et bondit sur la table.

Zack, lui, resta tranquillement près de la porte, remuant la queue, l'air placide.

Emily s'approcha de la chatte et la prit avec douceur dans ses bras. Elle ne voulait pas qu'elle se sente à l'écart.

— Tu es toujours ma chatte préférée, la plus géniale au monde, murmura-t-elle en la caressant. Maintenant, on a aussi un chien, c'est tout.

Nouveau miaulement, moins fort. Toute cette démonstration était faite pour impressionner le nouvel arrivant, Emily le sentait bien.

Pendant ce temps, comme si de rien n'était, Zack faisait connaissance avec la cuisine : il reniflait tout ! Il prit dans sa gueule le biscuit en forme d'os que lui tendit le père d'Emily, mais au lieu de le manger, il s'assit et les regarda tour à tour. Il semblait un peu perdu.

Bizarre. Emily s'était attendu à ce qu'il soit surexcité de se retrouver enfin dans sa nouvelle maison.

Au lieu de ça, il avait plutôt l'air mal à l'aise. Intimidé. Inquiet, même.

— Qu'est-ce qu'on fait, maintenant ? lança-t-elle.

— Restez un peu tranquilles tous les deux, répondit sa mère. Ça fait beaucoup d'émotions pour lui, Em. Il lui faut un peu de temps pour s'habituer.

Ah oui ? Elle n'avait pas pensé à ça. Donc pas question de jouer avec lui pour l'instant ? De courir dans le jardin et de lui envoyer des balles ou le frisbee ? C'était frustrant. Qu'est-ce qu'ils allaient bien pouvoir faire, alors ?

Perplexe, elle le regarda, avec son biscuit qui dépassait des deux côtés de sa gueule. Il était sûrement fatigué après tout ce qu'il avait traversé. En y réfléchissant, elle-même était sur les rotules après une telle semaine !

— Bon, je vais aller lire le journal, annonça son père.

Comme chaque matin. Normal.

— Bienvenue chez nous, mon chien, ajouta-t-il en donnant une caresse à Zack.

D'une main pas très assurée…

— Je peux lui montrer sa chambre ? demanda Emily.

— Bien sûr, acquiesça sa mère. Et tout à l'heure, si tu as envie, on pourra regarder un film.

— Super ! Viens, Zack, on monte.

Dans la seconde, il était debout.

En bas de l'escalier, elle préféra le laisser passer en premier pour s'assurer qu'il n'aurait pas de difficultés à monter. Il souleva sa patte plâtrée, puis la reposa.

— Courage, mon Zack. Tu vas y arriver.

Nouvelle tentative : il monta la première marche, puis redescendit, la patte en l'air. Il la regarda, l'air penaud.

Elle se rendait compte pour la première fois que cet escalier était raide. Beaucoup trop raide pour un chien blessé. Ils devraient adopter une autre solution. Heureusement qu'ils avaient fabriqué ce panier, avec son père !

— OK, Zack, on va changer de plan. Tu vas rester en bas pour l'instant, c'est mieux pour toi.

Elle lui caressa affectueusement la tête, puis montra du doigt une porte à l'étage supérieur.

— Mais, au moins, pour que tu connaisses la maison : ça, c'est la chambre de Papa et Maman. Là, la chambre d'invités, et, à droite, le second bureau. En général, c'est Maman qui y travaille. Papa, lui, utilise plutôt le bureau d'en bas. Ensuite, si tu continues dans le couloir, il y a la salle de bains et ma chambre.

Le chien écoutait attentivement. Tant pis s'il ne

comprenait pas : il ne serait pas interrogé sur le plan de la maison.

Elle l'emmena au salon. Josephine était allongée de tout son long dans le nouveau panier – celui sur lequel était clairement écrit « ZACK » – et les fixait de ses grands yeux jaunes. Emily tapota les serviettes pour montrer à son chien que c'était sa place, mais il ne bougea pas d'un millimètre.

Josephine s'étira plus encore, occupant désormais presque tout le panier.

— Eh, ça va, toi ! lança Emily.

Elle la prit dans ses bras et la posa sur le canapé mais la chatte sauta aussitôt pour se réfugier au-dessus de la télévision. Pas idéal, mais au moins elle laissait le champ libre à Zack. C'était amusant de voir cette petite bête terroriser le gros chien qui faisait au moins trois fois sa taille et cinq fois son poids !

Zack était resté au même endroit, immobile, le biscuit toujours en travers de la gueule. Emily ressentit soudain un gros coup de fatigue : tout cela était bien compliqué. Elle se ressaisit. Tout allait bien pour elle, c'était Zack qui était fatigué.

— Zack, tu dois t'allonger. Attends-moi une minute, je reviens.

Elle fila à la cuisine et rapporta la gamelle bleue

remplie de croquettes et un bol d'eau, qu'elle plaça à côté du panier.

— Et voilà, tu as tout ce qu'il te faut. Maintenant, au lit ! OK ?

Il entra dans le panier. Mais resta debout.

Allons bon ! Qu'est-ce qui pouvait encore clocher ? Ah, ses poumons ! Peut-être avait-il mal ? Elle s'assit par terre à côté de lui et fit le massage que lui avait montré le vétérinaire. Au bout de quelques minutes de tapotements et de frottements, elle se recula. Il remua la queue. Mais resta debout.

Elle réfléchit un instant. Peut-être que la solution était de s'allonger à côté de lui, pour le rassurer et lui faire croire qu'elle dormirait là aussi ? Elle grimpa l'escalier pour chercher un livre dans sa chambre. Ça tombait bien : sa nouvelle école lui avait envoyé une liste de romans à lire pour la rentrée et elle n'avait pas encore commencé. Elle attrapa dans la pile celui qui la tentait le plus et redescendit les marches quatre à quatre. Zack était toujours à la même place, debout dans son panier. Après avoir disposé par terre quelques coussins du canapé, elle s'allongea.

Aussitôt, Zack sortit de son panier, se coucha tout contre les jambes d'Emily, mangea son biscuit et poussa un soupir de contentement.

Josephine descendit de son perchoir et resta un moment, immobile, à observer Zack. Puis, comme si de rien n'était, elle retourna dans le panier et se roula en boule à sa nouvelle place favorite.

Emily pouvait enfin lire. Sauf que, très vite, ses paupières s'alourdirent. Elle se mit à bâiller. C'était tellement apaisant d'avoir à côté d'elle ses deux amis endormis qu'elle sentit à son tour le sommeil la gagner. Après tout, elle avait mérité une petite sieste.

Chapitre 15

En guise de sieste, Emily dormit une bonne partie de la journée : lorsque sa mère la réveilla, l'après-midi était déjà bien avancé.

— Je suis venue plusieurs fois mais vous aviez l'air si paisible, tous les trois, que j'ai préféré te laisser.

En se redressant, elle s'aperçut que sa mère l'avait recouverte d'un grand plaid en laine pour qu'elle n'ait pas froid.

— Quelle heure est-il ?

— Dix-sept heures trente. Ton père est sorti acheter quelque chose à manger, car je n'avais pas le courage de faire la cuisine. On dînera dans la véranda, il fait très doux dehors.

Excellent programme ! Emily caressa Zack et Josephine et monta à l'étage pour se laver les mains. Lorsqu'elle redescendit, Zack l'attendait au bas de l'escalier. Il parut rassuré de la voir revenir.

Quelques instants plus tard, Theo arriva avec toutes sortes de tortillas et autres spécialités mexicaines. Emily adorait ça !

Ils s'installèrent dans la véranda. À leurs pieds, dans la baie, se déroulait le spectacle habituel : les voiliers rentrant au port, les scooters de mer filant à toute allure et les bateaux de pêche au homard relevant leurs casiers. Des nuées de mouettes tournoyaient au-dessus avec un cri moqueur, guettant la nourriture. Il y avait également quelques kayaks sur lesquels ça pagayait ferme. Emily reconnut certains des membres du club de course de sa mère.

— Tu es sortie aujourd'hui ? lui demanda-t-elle.

— Oui, une petite heure, répondit sa mère. Je me sentais un peu rouillée.

Ces derniers jours, à cause des allers-retours à la clinique, Joanne avait raté un certain nombre d'entraînements.

— Demain j'irai tôt, ajouta-t-elle.

Zack était allongé aux pieds d'Emily. Elle coupa un morceau d'enchilada au fromage et le lui tendit, pour voir s'il aimait ça.

— Stop, Emily, l'interrompit aussitôt son père. Tu ne vas pas prendre l'habitude de lui donner de la nourriture en cachette quand on est à table.

Elle arrêta son geste à mi-parcours. Zack regardait le morceau d'enchilada avec un intérêt manifeste.

— Je ne le fais pas en cachette, Papa ! C'est sous tes yeux.

— Oui, bon, c'est vrai. Mais ce n'est pas de ça que je parle.

Comment ne pas lui donner la nourriture maintenant qu'il l'avait sous les yeux et qu'il avait parfaitement compris qu'elle était pour lui ? C'était trop cruel.

— Il ne va pas être mal élevé et commencer à mendier juste parce que je lui donne un bout d'enchilada ! Il a passé des moments super durs, il a droit à quelques gâteries, non ?

— D'accord pour cette fois, intervint sa mère. Mais s'il commence à réclamer quand on est à table, tu sauras pourquoi. Et tu ne pourras pas dire qu'on ne t'a pas prévenue.

Dans la bouche de sa mère, c'était une menace assez inoffensive. Emily fut tentée de faire semblant de trembler en prenant un air terrifié, mais préféra renoncer : ce genre d'attitude ironique mettait toujours ses parents en colère. Autant éviter ça pour l'instant.

— D'accord, le message est clair, se contenta-t-elle de répondre.

— J'espère, conclut sa mère en hochant la tête, les sourcils froncés.

Emily glissa à Zack quelques morceaux supplémentaires au cours du repas. Ses parents ne firent aucun commentaire. Il faut dire que Joanne lui avait aussi donné quelques chips…

Après le dîner, Emily emmena Zack faire un tour du jardin. Elle ne le lâcha pas des yeux, vérifiant qu'il marchait sans trop de difficultés et que sa respiration était normale. De retour dans la maison, elle lui donna ses antibiotiques et ses vitamines sous la surveillance de sa mère. Elle redoutait un peu ce moment… S'il les refusait, comment se débrouilleraient-ils pour les lui faire avaler de force ? Mais tout se passa comme sur des roulettes : elle cacha les comprimés dans des boulettes de viande et Zack se régala !

L'opération terminée, elle monta chercher son ordinateur. Zack l'attendit au pied de l'escalier. Elle se cala ensuite dans le fauteuil du salon pour lire ses mails. Il était temps de renouer avec le monde extérieur ! Cette semaine avait été si intense que lorsqu'elle rentrait, elle était incapable de faire autre chose que dîner et se coucher.

Elle avait trois groupes d'amis. Dans le premier se trouvaient Bobby, bien sûr : son meilleur ami depuis toujours, avec lequel elle passait beaucoup de temps ; tous ses copains du primaire ; et Harriet et Florence. Harriet était une matheuse, super intelligente. Florence, elle, était toute petite mais incroyablement sportive. Elle pratiquait plein de sports différents et était excellente en hockey et en ski de descente.

Le deuxième groupe, c'étaient ses copains et ses copines du cours de natation. Dont Karen, sa meilleure amie, qui adorait la musique : elle jouait du piano, du violoncelle, du saxophone et de la flûte ! Rien que ça.

Parfois, Emily aurait préféré habiter en ville, près du collège. Il se passait beaucoup plus de choses là-bas. En même temps, elle ne pouvait pas se plaindre : c'était génial de vivre juste à côté de la mer. Avec Bobby, son frère et sa sœur, ils étaient les seuls enfants dans le coin.

Le troisième groupe, c'était... tous les autres. Ceux des colonies de vacances. Elle les voyait moins, mais elle communiquait très souvent avec eux par mail, par téléphone ou sur Facebook. Comme avec ses cinq cousins, d'ailleurs, qui habitaient New York ou la Californie.

En parlant de Facebook… Quelques mois plus tôt, ses parents lui avaient demandé si elle pensait un jour ouvrir un compte sur un réseau social. Ils avaient fait une de ces têtes quand elle leur avait répondu qu'elle avait déjà cinq profils. Elle était morte de rire !

Bien sûr, elle faisait très attention. Les paramètres étaient tous réglés sur « privé », et elle n'acceptait jamais les demandes d'ami de gens qu'elle ne connaissait pas. Elle n'était pas complètement idiote, non plus ! Malgré tout, ses parents avaient insisté pour vérifier tout ça par eux-mêmes. Et là, grosse discussion… C'était une intrusion dans sa vie privée et elle n'était pas du tout d'accord. Même si elle et ses amis n'avaient rien à cacher, elle n'avait pas envie que ses parents lisent toutes ses conversations.

Évidemment, elle avait perdu la bataille. Et, comme elle s'y attendait, dès que sa mère avait vu le premier post sur son mur, elle avait critiqué le vocabulaire, l'orthographe, les abréviations… Bref, tous les LOL, MDR et autres TKT qui sont justement faits pour que les adultes ne comprennent pas.

Son père, lui, avait décidé d'installer un logiciel de contrôle parental sur son ordinateur. Sauf qu'il ne savait pas y accéder. Elle avait dû lui montrer comment s'en servir, ce qui n'était pas exactement le but. Il l'avait désinstallé, c'était plus simple.

Ils avaient fini par trouver un accord : elle gardait son compte mais devait accepter comme amie une de ses tantes (pffff...) pour qu'elle garde un œil sur son mur. En fait de surveillance, elle et sa tante s'envoyaient des vidéos super drôles, des blagues, des tests et plein d'autres trucs. Ses parents lui répétaient sans arrêt que, sur Internet, rien n'était privé, même si ça en avait l'air, et qu'elle devait faire très attention. Pour les rassurer, elle leur avait promis de ne pas écrire de message « à teneur politique ou idéologique », bien qu'elle ne sache pas très bien ce que cela signifiait.

Quoi qu'il en soit, elle était à présent allongée sur le tapis du salon et discutait en ligne avec ses amis pour – enfin ! – leur donner des nouvelles. Au bout d'un moment, son père vint lui proposer de regarder un film. Emily trouva l'idée excellente. Sa mère prépara du pop-corn et tous trois s'installèrent sur le canapé. Zack, enfin couché dans son panier en carton, semblait avoir toujours habité dans cette maison.

— Bonne journée, non ? commenta Theo alors que défilait le générique.

Emily hocha la tête.

Une journée formidable !

Chapitre 16

Sa mère avait refusé qu'Emily dorme par terre à côté du panier. Ils avaient étalé un sac de couchage sur le tapis. Le sol était un peu dur, certes, mais Emily était si fatiguée qu'elle s'endormit très vite.

Le lendemain, après le déjeuner, Bobby était venu pour faire la connaissance de Zack. Joanne avait accepté qu'ils partent tous les trois faire une vraie promenade, à condition qu'ils n'aillent pas trop loin.

— On va jusqu'à la maison de Mme Griswold ? suggéra Bobby.

C'était une idée fixe, chez lui. Il trouvait très drôle de la voir sortir de chez elle pour crier.

— Pourquoi ça t'amuse comme ça de l'énerver ?

— Bah, peut-être qu'elle ne nous verra même pas. Et puis on a bien le droit de se promener devant chez elle. C'est aussi notre quartier, non ?

Emily haussa les épaules. Elle ne voyait pas l'intérêt mais suivit quand même son ami sur la route qui menait chez Mme Griswold. Il faisait très chaud, lourd même.

— Tu as commencé à lire les livres de la liste ? demanda-t-elle.

Il fit non de la tête.

— Tu vas le faire ?

Après un instant de réflexion, il secoua de nouveau la tête.

— Non, je crois pas. Ils ont l'air super ennuyeux.

Les parents de Bobby étaient moins stricts que les siens : elle avait promis d'en lire au moins quatre avant la rentrée. Lui, il disait toujours qu'il s'en fichait, parce que quand il serait plus grand, tout ce qu'il voulait faire c'était travailler sur le bateau de son père. Mais Emily était convaincue qu'en fait il aimait bien plus l'école que ça.

Quand ils arrivèrent devant la maison de Mme Griswold, Zack montrait des signes de fatigue. Il marchait difficilement, la queue basse, et haletait.

Emily se sentit coupable.

— On n'aurait pas dû l'emmener si loin. Il faut retourner à la maison.

— Mais il arrive à peine à marcher. On fait comment ? On le porte ?

— Impossible ! Il est trop lourd pour nous. En plus, on risque de lui faire mal. Le mieux c'est d'attendre un peu ici qu'il se repose, puis de rentrer.

Ils s'assirent sur le bord de la route, devant la maison de Mme Griswold – une villa un peu vieillotte avec un toit d'ardoises et un grand portail.

Zack se coucha près d'Emily, posa sa tête sur ses cuisses… et s'endormit. Le pauvre, il devait vraiment être épuisé !

— Qu'est-ce qu'on fait si elle sort ? demanda la fillette en montrant la maison de Mme Griswold.

D'habitude, ils détalaient à toutes jambes.

— Chais pas… J'espère que c'est pas vrai qu'elle a un fusil chez elle.

Un fusil ?

Emily lui lança un regard horrifié.

— D'où tu tiens ça ?

— Larry, marmonna-t-il.

Son grand frère, qui venait d'avoir dix-sept ans.

— Il m'a dit qu'un jour elle lui avait tiré dessus.

Y avait des balles dans tous les sens. Elle aurait pu le tuer.

Avec cette vieille folle, ça pouvait parfaitement être vrai. Sauf que Larry avait une sacrée tendance à l'exagération : il racontait toutes sortes d'histoires invraisemblables à Bobby. Qui était si naïf qu'il gobait tout.

— Non, je pense pas qu'elle ait un fusil, assura Emily. Et même si c'était le cas, elle ne nous tirerait pas dessus.

Du moins, elle l'espérait.

Bobby scruta avec inquiétude la façade de la villa.

— Moi je crois que si. Et puis elle déteste les chiens. Encore plus que les enfants.

Ça, c'était plus vraisemblable. Emily avait entendu dire qu'elle appelait la police chaque fois que Wanda, le jack-russell des voisins, aboyait.

— Alors tu m'expliques pourquoi tu as voulu qu'on vienne ici ?

— Parce que je pensais que ça pourrait être marrant, tiens !

— Ah ouais ? Super idée, c'est clair…

Parfois, Bobby, c'était du grand n'importe quoi.

Ils se turent un moment, les yeux fixés sur la maison.

— Tu sais qu'elle a tué son mari ? demanda Bobby.

Emily avait entendu parler de ça. Mais c'était une rumeur, pas une certitude.

— Mes parents disent que c'était un accident de voiture, dit-elle.

Et elle n'avait pas de raison d'en douter.

— Mmmh…, lâcha-t-il d'un air mystérieux. Peut-être…

Nouveau silence.

— Je sais ce qu'on peut faire ! s'exclama soudain Bobby, le visage rayonnant. Ton chariot, il est toujours dans le garage ?

— Ah, je vois à quoi tu penses ! réagit Emily. Excellente idée ! Comme ça on n'aura plus qu'à faire rouler Zack jusqu'à la maison.

Bobby bondit sur ses pieds avec un grand sourire.

— Je vais le chercher.

Et il se mit à courir vers la maison.

Emily le regarda partir avec une certaine appréhension. L'idée de rester toute seule devant la maison de Mme Griswold n'était pas très réjouissante, même si elle ne croyait pas que la vieille dame soit une meurtrière.

Quoique…

Emily se pencha vers son chien et lui caressa la tête.

— Désolée, Zack, je ne pensais pas que tu te fatiguerais comme ça. La prochaine fois je ferai plus attention, promis.

Sans même ouvrir les yeux, il remua la queue. Adorable. Il avait compris qu'elle s'excusait et il lui montrait qu'il ne lui en voulait pas. Il la rassurait, même. Ce chien était très intelligent !

À la réflexion, il ne s'agissait pas d'intelligence, mais de quelque chose d'autre. Quelque chose de bien plus fort. En fait, c'était comme s'il lisait dans ses pensées. Et elle dans les siennes. Comme s'ils étaient connectés : ils se comprenaient sans avoir besoin de se parler.

À cet instant, il ouvrit les yeux. Et la regarda.

C'était troublant.

Elle secoua la tête pour chasser ces idées saugrenues. Mais enfin, qu'est-ce qu'elle croyait ? Elle avait trop d'imagination ! Comme toujours.

Quand même… On racontait que les chiens sentaient les choses, non ? Par exemple, ils devinaient le moment où leur maître rentrait à la maison. Des trucs comme ça. Ce qu'on appelait l'intuition, en gros.

— C'est ça, hein, Zack ? L'intuition.

Nouveau regard de Zack. Un regard… étrange. Complice.

Ce matin-là, son père avait préparé une omelette au crabe – beurk ! – pour sa mère et lui, et une aux oignons et aux champignons pour elle. À un moment donné, il avait tendu à Zack un bout de crabe. Elle avait aussitôt dit : « Il n'aime pas le poisson. » Sans réagir, son père lui avait alors donné un morceau de fromage, tandis qu'elle était restée ébahie. Zack n'aimait pas le poisson ? Mais d'où lui venait cette certitude ? Heureusement, ses parents n'avaient pas remarqué son trouble : elle aurait eu bien du mal à s'expliquer.

Elle redressa la tête. Toujours pas de Bobby en vue.

— Zack, tu aimes le poisson ?

Il ne bougea pas.

Soudain, elle sentit une forte odeur de poisson pourri dans l'air. La même odeur que celle que dégageaient les bateaux de pêche, avant que les pêcheurs aient passé le jet d'eau pour nettoyer les restes.

Est-ce qu'elle rêvait ?

Elle avait déjà eu cette impression à la clinique, lorsqu'elle avait senti une odeur de détergent dans la salle d'attente et qu'elle s'était rendu compte après que c'était l'odeur du médicament que le véto mettait dans le nébuliseur de Zack. Plus loin, dans une autre pièce.

Décidément, il se passait des choses très étranges.

Elle s'interrompit net dans ses pensées. Alerte rouge ! Derrière l'une des fenêtres de Mme Griswold le rideau venait de bouger.

La porte s'ouvrit.

Chapitre 17

Peut-être que, dans sa jeunesse, Mme Griswold avait été une femme grande et imposante, mais Emily ne l'avait connue que vieille, avec une canne et le dos voûté. Quel âge pouvait-elle avoir ? Dans les soixante ans, probablement.

Ses cheveux, plutôt blancs que gris et toujours en bataille, étaient surmontés d'un genre de bonnet marin informe sur lequel étaient accrochés des leurres pour la pêche. Hiver comme été, et quelle que soit la température, elle portait un gros pull.

— C'est quoi ce bazar ? demanda la vieille dame. Pourquoi tu regardes ma maison comme ça ?

Elle se dirigeait vers Emily en faisant claquer sa canne sur la route.

— Je… je suis désolée, bafouilla Emily. Mon chien était fatigué. On va… euh… on part tout de suite.

Zack se leva et remua la queue en signe d'amitié.

Mme Griswold fronça les sourcils. Ses yeux bleus étincelaient.

— Depuis quand tu as un chien ?

— Euh…

Paralysée par la peur, Emily était soudain incapable de se rappeler.

— Je ne sais plus… C'est-à-dire… euh… pas longtemps…

La vieille la fusilla du regard.

— Vaut mieux pas que je l'entende aboyer, hein ! J'aime pas être dérangée.

Nooooon, sans blague ?

— Ne vous inquiétez pas, madame, il est très sage.

Elle avait retrouvé son assurance. Pourquoi aurait-elle peur d'une vieille bique comme ça ? Toutes les deux se dévisagèrent un instant. L'air hostile.

— Allez-vous-en ! lança Mme Griswold avec colère. J'arrive pas à faire quoi que ce soit avec vous deux devant chez moi.

Emily ne se le fit pas répéter.

— Viens, mon chien, dit-elle en se dirigeant vers la route.

Il la suivit. Mais elle le vit se retourner deux ou trois fois, visiblement curieux.

Quel soulagement lorsqu'elle aperçut enfin Bobby ! Il venait vers eux en tirant derrière lui le chariot rouge. Non sans mal, ils réussirent à installer Zack dedans : il s'était bien remplumé depuis qu'il prenait des repas réguliers.

— Pourquoi vous m'avez pas attendu là-bas ? demanda Bobby, déçu. Je me suis grouillé, je te jure.

— Mme Griswold est sortie, dit Emily.

Elle ne put réprimer un frisson.

— Waouh ! lança Bobby, les yeux grands comme des soucoupes. Et elle vous a jeté des choses ?

— Non, mais elle aurait bien voulu, à mon avis. Elle nous a dit qu'elle ne voulait pas qu'on reste comme ça devant chez elle. Alors on est partis.

— Elle avait son fusil ?

Il blaguait, là ?

— Bah oui, évidemment ! Un énorme. Comme dans les films.

Il écarquilla encore plus les yeux, surexcité.

— Je plaisante…, ajouta-t-elle.

Il détourna le regard et hocha la tête.

— Ouais, j'avais compris…

Pas sûr.

Maintenant qu'il était confortablement couché dans le chariot, son plâtre bien calé contre la paroi, Zack semblait apprécier ce nouveau point de vue.

— Il a l'air plutôt content, remarqua Bobby. Peut-être qu'on pourrait faire un petit tour comme ça ?

— Pourquoi pas ? répondit-elle. Il n'a pas encore vu grand-chose et il doit être curieux de découvrir tout ça.

Tout en tirant le chariot, ils suivirent tranquillement la route un moment avant de faire demi-tour pour rentrer à la maison. Lorsque sa mère l'appela sur son portable parce qu'elle s'inquiétait de ne pas les voir revenir, Emily lui raconta leur promenade. Joanne rit beaucoup en les imaginant traînant Zack dans le chariot.

Lui se régalait ! La truffe frémissante, il observait tout ce qui se passait. On aurait dit qu'il enregistrait toutes les images qui défilaient. Pourtant, il n'y avait pas grand-chose d'intéressant dans le coin. Cette partie de la presqu'île était très étroite : on pouvait voir la mer des deux côtés et la route n'était plus qu'un chemin de terre baigné de soleil. Les maisons, peu nombreuses dans ce coin, se trouvaient sur la droite, à l'ombre, au milieu des pins. Seule une gigantesque villa ultramoderne était située de l'autre côté. Elle appartenait à des gens qui n'y venaient que quelques jours par an. Les villas étaient entourées de grands jardins et possédaient des pontons privés où étaient amarrés des voiliers ou des bateaux à moteur.

Emily aperçut M. Henrik, l'ancien professeur de géologie du collège, et lui fit un signe de la main. Maintenant qu'il était à la retraite, il passait des heures dans son jardin. Avec ses massifs d'azalées, de roses et de rhododendrons, c'était le plus somptueux jardin des environs.

Il les salua à son tour.

— C'est un beau chien que tu as là, Emily ! lança-t-il. J'ai croisé ton père hier à l'épicerie et il m'a raconté toute l'histoire.

— Merci ! Il s'appelle Zack.

— Très bon choix, approuva-t-il. C'est un nom magnifique. Tu peux compter sur moi pour faire circuler l'information quand j'irai en ville tout à l'heure.

Les magasins ne manquaient pas, près d'ici. Pourtant, les habitants avaient l'habitude de faire leurs courses à la boutique de Cyril. Emily l'avait toujours connu là, derrière sa caisse, fidèle au poste depuis des années. Il avait quatre-vingts ans, mais en paraissait cent vingt. Le bruit courait qu'il ne dormait jamais. De fait, son épicerie était toujours ouverte, même lors des ouragans ou lorsque soufflait un violent blizzard.

— Tu veux aller en ville ? proposa Emily à Bobby.

Emily avait un truc pour mettre le vieux Cyril dans sa poche : elle l'interrogeait sur les résultats des matchs de hockey. Il adorait ça ! Il pouvait parler pendant des heures de son équipe favorite.

Tandis qu'ils continuaient leur chemin, deux voitures apparurent. Ils se rangèrent sur le côté pour les laisser passer. Par précaution, Emily tint Zach par le collier. La première voiture passa dans un nuage de poussière et donna un coup de klaxon pour les saluer. C'était Kurt, un ami du père de Bobby qui l'aidait parfois à relever les casiers. La seconde roulait très doucement et s'arrêta à quelques mètres d'eux.

Trois personnes sortirent du véhicule. Des touristes. Difficile de ne pas les reconnaître avec leurs tee-shirts « I LOVE USA ». Ils s'approchèrent d'eux. Deux femmes habillées comme si elles se rendaient à un mariage, avec des chaussures à talons tout à fait inconfortables pour marcher sur une route en terre en plein mois d'août. Et un homme qui brandissait un appareil photo.

— Je peux vous prendre en photo ? demanda l'homme.

Sans un mot, Emily et Bobby prirent poliment la pose. Même Zack sembla faire un effort pour se montrer sous son meilleur jour.

L'homme avança de quelques pas, recula, cherchant le bon angle. Il tripotait son objectif pour la mise au point et appuyait avec force sur le déclencheur.

— Quelle journée splendide ! s'émerveilla une des femmes.

Elle était affublée d'un grand chapeau blanc avec un large ruban rose dans lequel étaient piquées des fleurs. Très estival. L'autre femme portait d'énormes lunettes de soleil avec une monture jaune vif. Pas vraiment du goût d'Emily.

— Ouaaaaaais, répondit Bobby.

Elle se mordit la lèvre pour ne pas rire.

À voir le sourire béat des visiteurs, ils n'avaient pas compris l'ironie.

— Nous cherchons la Taverne de Crowley, indiqua la femme au chapeau. Nous avons demandé notre chemin à l'épicier mais il ne connaissait pas.

Cyril devait être d'excellente humeur, car,

d'habitude, il envoyait les touristes à des kilomètres de leur destination.

Crowley était un bistrot où l'on servait du homard et des fruits de mer dans des assiettes en carton.

— C'est très compliqué pour y aller, expliqua Bobby. Mais un peu plus bas sur la route vous trouverez des pêcheurs qui vendent du homard aux restaurants et qui pourront vous guider, poursuivit Bobby. Ils s'appellent Percival.

Il venait de les envoyer chez ses parents… Son père vendait la majeure partie de sa pêche aux restaurants, mais, avec sa femme, ils fournissaient aussi des clients du quartier.

— Merci, dit la femme au chapeau.

Puis, avec un grand sourire à Emily :

— Tu passes de bonnes vacances ? Ça doit être merveilleux pour toi de sortir de ton quartier. C'est tellement calme, ici.

Hum ! Ça n'était pas la première fois que quelqu'un tirait de mauvaises conclusions en voyant la couleur de peau d'Emily. Et sûrement pas la dernière. Hélas !

Peau noire veut dire quartier difficile, forcément.

Même quand c'était dit sur un ton bienveillant,

c'était désagréable. Peut-être encore plus désagréable, d'ailleurs.

Pas la peine de s'énerver, ça ne changerait rien à l'affaire. Emily se contenta de hocher la tête et de marmonner :

— Oui, l'air pur est très bon pour ma maladie.

Bien envoyé !

Aucune réaction de la femme : tout cela lui passait au-dessus du chapeau.

Elle tendit la main pour caresser Zack mais celui-ci écarta sa tête.

— Il est vraiment adorable. Que lui est-il arrivé à la patte ?

— Il a reçu des plombs à la chasse, expliqua Emily. C'était horrible.

— Oh ! mais j'imagine, s'écria la femme. Quelle chance qu'il s'en soit sorti !

L'autre femme cria de sa voix stridente :

— Rachel ! Gordon dit qu'il sait comment y aller maintenant.

— Formidable ! J'arrive.

Un dernier sourire plein de dents blanches.

— Profitez bien de la fin des vacances !

Après leur départ, Emily poussa un profond soupir, le regard perdu au loin. Zack émit un petit gémissement. Elle tendit le bras pour le caresser.

Il remua la queue et parut s'apaiser un peu. Mais dans ses yeux flottait une ombre.

— J'ai loupé quelque chose ? questionna Bobby.

Il avait beau être super intelligent, il était aussi un peu naïf. Ou alors c'était Emily qui avait des antennes particulièrement puissantes. Un radar spécial avec lequel elle était née, ou qui s'était développé au fil des ans. Avec l'expérience.

— Je suis noire, Bobby, dit-elle.

— Ça, je sais, merci.

— OK, je t'explique, poursuivit-elle. Ça veut dire que si je suis en vacances dans le Maine, c'est obligatoirement parce qu'une gentille famille a bien voulu accueillir pendant l'été une pauvre enfant défavorisée pour qu'elle puisse sortir de son quartier.

— T'es sérieuse, là ?

Elle hocha la tête.

— Le pire, c'est que c'est juste normal pour cette femme de dire ça.

— Eh ben…, soupira Bobby. C'est nul.

Chapitre 18

Une fois à la maison, ils jouèrent un moment à la console pour se détendre et retrouver leur bonne humeur. Zack les regardait sauter dans tous les sens en agitant leurs boîtiers en plastique. Quel drôle de jeu ! Il manifesta son étonnement en accompagnant leurs bonds d'aboiements joyeux.

Après le départ de Bobby, Joanne décréta qu'il faisait trop chaud pour préparer un vrai repas. Elle proposa à la place une grande salade de crudités avec, à part, du thon pour elle et son mari, et un œuf à la coque pour Emily. Super idée ! Emily adorait ce genre de repas d'été.

Le dîner achevé, sa mère monta dans son bureau pour travailler pendant qu'elle aidait son père à ranger la cuisine. Quand tout fut à sa place, elle hésita à ouvrir son ordinateur pour discuter avec ses copains. Les événements de la journée l'avaient mise à cran ; elle avait besoin de bouger.

Elle décida de sortir se dégourdir les jambes avec Zack. Après avoir fait le tour du jardin, elle s'allongea dans une chaise longue sur la terrasse. La température était idéale. Dans le ciel dégagé brillaient de nombreuses étoiles. Avec quelques difficultés, Zack monta à son tour sur la chaise et elle dut se pousser un peu pour lui laisser de la place. Cela faisait à peine deux jours qu'il était là et elle avait déjà du mal à se rappeler comment c'était de ne pas l'avoir à ses côtés ! Il ne manquait que Josephine pour que tout soit parfait. Mais la chatte avait décidé de bouder depuis qu'elle s'était fait voler son rôle de star de la maison. Pour l'instant, elle était assise devant la fenêtre de sa chambre – Emily voyait sa silhouette se découper dans la lumière – et semblait très contente de dominer la situation.

Emily savourait la douceur de la nuit. La porte s'ouvrit et son père la rejoignit.

— Ah, tu es là ! Je commençais à m'inquiéter de ne pas vous voir revenir.

— C'est tellement agréable, dehors, que je n'avais pas envie de rentrer tout de suite.

Son père hocha la tête avec un grand sourire et s'installa sur une chaise longue à côté d'elle.

Ils écoutèrent le bruit des vagues sur les rochers et le chant des cigales.

— Tu étais bien silencieuse, ce soir, dit son père au bout de quelques minutes. Tout va bien ?

— Très bien, répondit-elle.

D'une voix plus tendue qu'elle ne l'imaginait : Zack avait aussitôt levé la tête.

— Aucun souci, tu es sûre ? ajouta son père.

Elle fit signe que non. Mais elle se doutait bien qu'il ne la croyait pas, et il avait raison.

Elle poussa un profond soupir. Pourquoi lui mentir ?

— Mme Griswold a crié contre moi cet après-midi..., confia-t-elle. On se promenait avec Zack et il avait besoin de se reposer. Il était épuisé. Manque de chance, c'était juste devant sa maison.

— Ah... Mme Griswold est plutôt... acariâtre.

Même si Emily ne connaissait pas ce mot, elle imaginait très bien ce qu'il devait signifier. C'était un mot moche, qui sonnait mal. Comme « marâtre » – ça, elle savait ce que ça voulait dire : dans les contes, il était souvent question de cette belle-mère épouvantable.

— Ne t'en fais pas. Il ne faut pas y attacher

d'importance. Tu sais comment elle est : elle a envie qu'on la laisse tranquille.

Ou peut-être qu'elle avait juste envie de se défouler sur les gens ?

Pour oublier la désagréable image de Mme Griswold, Emily se concentra sur un point lumineux dans le ciel. Une étoile filante ? Non : un simple avion dont les lumières clignotaient.

Tout contre elle, Zack respirait calmement. Apaisé. Confiant. Elle le caressa.

— Tu es toujours aussi silencieuse, Em, dit son père. Il n'y a pas autre chose qui te tracasse ?

Elle se crispa. Rien à faire, elle n'en parlerait pas. Il serait trop contrarié.

— Tu t'es disputée avec Bobby ?

Elle fit non de la tête. Ça ne leur arrivait pas souvent, mais quand ils se disputaient, c'était violent. Après, ils ne se parlaient pas pendant au moins trois jours. Puis ils se réconciliaient en se jurant de ne plus jamais se fâcher.

Un bateau passa au large dans la baie. Ils l'entendaient, mais ne distinguaient qu'une vague forme noire et des feux de navigation.

— Est-ce que je viens d'une cité ? demanda-t-elle brusquement.

Son père se redressa et la dévisagea, stupéfait.

— Comment ça ?

— Est-ce que je suis née dans un quartier difficile ? précisa-t-elle.

Un long silence.

— Non, dit-il enfin.

Emily ne connaissait rien de son histoire ni de sa famille biologique. Elle ne savait même pas où elle était née. Parfois, elle s'imaginait que son anniversaire, le 18 septembre, n'était pas sa vraie date de naissance mais un jour que ses parents avaient choisi. Au hasard.

À certains moments, elle ne savait pas qui elle était *réellement*, et un vertige la saisissait.

Sa mère n'avait aucun problème pour évoquer avec elle son adoption. Mais son père… Cela le mettait aussi mal à l'aise qu'elle. Résultat : ils en parlaient très rarement tous les deux.

Cependant, sa mère ne lui avait pas donné beaucoup de détails. Elle se contentait de lui répéter que sa mère biologique l'aimait suffisamment pour vouloir qu'elle grandisse dans une famille aimante et dans de bonnes conditions. La blague ! Emily n'avait jamais reçu le moindre signe de sa part : pas de carte pour son anniversaire ou Noël, pas de photos, pas la plus petite marque d'attention qui montrerait qu'elle pensait à son enfant.

Elle se doutait bien que ses parents en savaient

beaucoup plus qu'ils ne voulaient – ou pouvaient – lui dire sur son histoire, et elle ne leur en voulait pas.

Au collège, il y avait une autre enfant adoptée : Mary Anne. Elle venait de Chine et était un peu plus âgée qu'Emily. Ses parents avaient souhaité maintenir un contact avec sa famille biologique et des rencontres avaient lieu régulièrement. Mais Mary Anne avait vite compris qu'elle n'avait rien en commun avec ces étrangers. Chaque fois qu'elle les voyait, elle les saluait poliment, puis restait là à sourire sans rien dire.

— Est-ce que le 18 septembre est la vraie date de mon anniversaire ? reprit-elle.

— Bien sûr !

— C'est vraiment le jour où je suis née ? Pas une date que toi et Maman avez choisie parce qu'on ne connaissait pas le jour exact ?

Son père soupira.

— C'est le vrai jour de ta naissance, répondit-il d'un ton calme. Tu avais tout juste une semaine quand on t'a ramenée à la maison.

Ouf ! Une question de réglée et un doute en moins. C'était la première fois qu'elle avait une info aussi claire.

— Tu veux que j'aille chercher ta mère ?

À son tour, elle soupira. Toujours la même chose :

quand la conversation devenait un peu compliquée, son père essayait de l'éviter.

— Tu ne veux pas parler de ça avec moi ?

— Si, mais je pense qu'elle aimerait bien être là aussi.

Sûrement. Le problème, c'est que, du coup, ça risquait de se transformer en une vraie et grosse discussion. Et elle n'était pas certaine d'avoir envie de ça pour l'instant : trop de questions resteraient probablement sans réponse. Ce serait plus frustrant qu'autre chose. En plus, elle craignait toujours qu'ils ne s'imaginent qu'elle aurait préféré grandir avec d'autres parents. Ses « vrais » parents. Ce qui était archi faux !

Son père se leva.

— J'en ai pour une seconde, comme ça on pourra tous les trois…

— Non, pas la peine. Ça n'est pas si important. C'est juste que…

Elle s'interrompit et baissa la tête. Au cours de la conversation, Zack s'était collé tout contre elle. Sa présence la rassurait et la réconfortait.

— Cet après-midi, j'ai vu une dame, poursuivit-elle.

— Quelle dame ? interrogea son père en se rasseyant.

Son visage s'était crispé, sa voix s'était tendue.

— Une dame qui se promenait. Des touristes, quoi. Ils nous ont demandé, à Bobby et à moi, si on savait comment aller chez Crowley.

Il écoutait attentivement.

— Et elle m'a dit que j'avais de la chance de pouvoir être en vacances dans la région. En fait… elle me parlait comme si j'étais une pauvre enfant défavorisée à qui on avait fait la charité.

— Les gens font parfois des suppositions idiotes, Em.

Peut-être, en effet. Pas forcément non plus.

— Mais c'est pas un peu la vérité ? Que toi et Maman, vous m'avez adoptée parce que mes parents – mes parents biologiques, je veux dire – ne pouvaient pas, ou ne voulaient pas, s'occuper de moi ?

À l'air paniqué qu'il donnait à voir, son père réfléchissait non pas à la réponse, mais à la manière dont il pourrait s'enfuir au plus vite. Ou aller chercher l'aide de sa femme.

Il se racla la gorge.

— C'est plus compliqué que ça. Ta mère biologique a pris la meilleure décision possible, et nous lui en sommes très reconnaissants.

Reconnaissants ? Pas elle, en tout cas. Plutôt fâchée, en fait.

— Si je comprends bien, je dois la trouver formidable, généreuse et tout ça ?

Une femme extraordinaire… qui n'avait pas voulu d'elle.

— Non, pas du tout. J'imagine que parfois tu te sens perdue et blessée, et peut-être même en colère ?

Bien vu. En général, même, les trois à la fois.

Elle hocha la tête.

— Et triste, ajouta-t-elle.

Son père aussi avait l'air triste, maintenant. Même Zack paraissait malheureux. Elle lui caressa la tête.

— Ça n'est pas votre faute. Mais quand la dame m'a dit ça, j'ai commencé à réfléchir. Les pensées tournaient en rond dans ma cervelle. Et j'étais… je sais pas… pas bien, quoi. Dis, Papa, il n'y a vraiment aucune réponse à toutes ces questions qui me trottent dans la tête ?

Il poussa un profond soupir.

— Je ne crois pas, malheureusement.

Chapitre 19

Tandis qu'elle s'apprêtait à se coucher, sa mère entra dans sa chambre. Elle avait l'air si préoccupé qu'Emily comprit aussitôt que son père avait dû lui raconter leur discussion.

— Écoute, pour la touriste, je ne peux pas faire grand-chose. Mais je peux aller parler à Mme Griswold, si tu veux.

Emily savait sa mère parfaitement capable de se rendre chez la vieille folle et de lui envoyer ses quatre vérités.

Elle secoua la tête.

— Non, non, pas la peine ! Elle a juste été désagréable.

Méchante et menaçante, aussi. Mais bon, inutile de se lancer dans une déclaration de guerre.

— À vrai dire, l'histoire avec la touriste m'a plus blessée, ajouta-t-elle. Parce qu'elle était super gentille avec moi.

— C'est la première idée qui lui est venue à l'esprit : une enfant défavorisée accueillie dans une famille pour les vacances.

— Ben oui, j'étais la seule personne noire qu'elle avait vue dans le coin et c'était la seule explication possible.

D'ailleurs, elle était bien la seule Noire, ou même métisse, de Bailey's Creek.

Après un instant de silence, sa mère confia :

— Moi, je ne supporte pas quand on est toutes les deux ensemble quelque part et que les gens regardent autour de nous en cherchant tes parents.

Ce qui arrivait très souvent. Sa mère restait près d'elle, une main sur son épaule. Et lorsque quelqu'un s'approchait, elle prévenait les questions gênantes avec une phrase du genre : « Vous connaissez ma fille, Emily ? »

Le pire, c'était lors des fêtes qui avaient lieu à l'école : Emily avait remarqué que les gens paraissaient déçus quand ils découvraient que son père *aussi* était tout ce qu'il y avait de plus blanc.

Comme si l'adoption était moins intéressante que le fait d'être métis…

— J'ai l'impression que ces derniers temps tu es préoccupée par tout ça, remarqua sa mère.

En effet, elle y pensait en permanence. Mais n'en parlait pas.

— Peut-être parce que la rentrée approche ? dit-elle. C'est une nouvelle école, il y aura plein d'enfants que je ne connais pas.

Qui verraient en elle non pas une jeune fille du nom d'Emily mais une « enfant adoptée ». Ou une jeune fille noire.

— Peut-être aussi parce que c'est bientôt mon anniversaire et que…

Elle regarda sa mère. Les yeux tristes.

— Encore un anniversaire sans nouvelles, acheva-t-elle.

Pas de carte, ni de lettre, ni de cadeau. Pas de coup de téléphone.

Sa mère soupira.

— Je sais, c'est un moment difficile.

Très difficile. Même si, au fil des ans, Emily espérait de moins en moins, c'était toujours douloureux. Sa mère biologique ne pouvait pas ne pas penser à elle ce jour-là. Impossible pour elle d'oublier qu'elle avait donné naissance à un bébé douze ans plus tôt, quand même. Pour son père biologique, c'était autre chose. Elle avait toujours imaginé, sans savoir pourquoi, qu'il n'était pas vraiment mêlé à cette histoire. Qu'il ne connaissait peut-être même pas son existence. S'il l'apprenait, serait-il heureux ? Ou horrifié de découvrir qu'il avait, sans le savoir et depuis toutes ces années, un enfant non désiré ?

— Douze ans, c'est important, dit Joanne. D'ailleurs, je pense qu'on devrait fêter ça tous ensemble. Tes cousins ne pourront pas venir à cause de la rentrée, mais on peut demander à Mamie, Papi et Grand-mère de venir.

Ses trois grands-parents. Le père de sa mère était mort quand Emily avait sept ans.

— On fera une grande fête et comme ça ils pourront faire la connaissance de Zack. Ça serait bien, non ?

Emily eut un grand sourire.

Oui, ça serait super !

Le lendemain matin, ils emmenèrent Zack à la clinique pour une visite de contrôle. Le docteur Kasanofsky, très satisfait de ses progrès, les encouragea à poursuivre dans la même voie. Lorsqu'il annonça que personne n'avait déclaré la disparition d'un labrador retriever dans l'État du Maine, Emily, soulagée, fit des bonds de joie : Zack était désormais *son* chien !

Sur le chemin du retour, ils s'arrêtèrent à la mairie pour faire les démarches officielles. On leur donna un carnet de santé au nom de Zack – propriétaire : Mademoiselle Emily Feingold ! – avec la liste de tous les vaccins à jour, ainsi qu'une médaille à attacher à son collier indiquant qu'il était bien vacciné contre la rage. Il l'arborait fièrement, comme s'il avait reçu une récompense.

Après le déjeuner, Emily partit se promener avec lui. Zack se dirigea automatiquement vers la maison de Mme Griswold. Pourquoi ? Mystère. En tout cas, pour ne pas avoir d'ennuis, Emily prit aussitôt la route dans l'autre sens.

Mais là, manque de chance : alors que Zack et elle marchaient tranquillement côte à côte, Emily aperçut une silhouette familière, coiffée d'un bonnet marin et perchée sur un grand vélo noir. Le spectacle de Mme Griswold sur son vélo était risible : quelque chose clochait avec ses jambes et elle vacillait dangereusement à chaque coup de pédale. Et aujourd'hui, avec les trois énormes sacs de courses qu'elle portait en plus, le danger était maximal.

La première idée d'Emily fut de faire semblant

d'enlever un caillou de sa chaussure pour ne pas la voir. Mais Zack, lui, remuait joyeusement la queue, ravi de cette rencontre. La fillette prit donc sur elle et salua la vieille dame d'un signe de la main. Celle-ci parut si surprise qu'elle manqua de tomber. Puis, retrouvant l'équilibre, elle fit un rapide signe de tête et pédala plus fort pour les dépasser.

C'était la première fois qu'Emily avait un échange « cordial » avec cette folle, la terreur du quartier. Pas sûr qu'elle irait s'en vanter auprès de ses copines…

En fin d'après-midi, sa mère lui proposa un tour en kayak avant que le soleil se couche. Les conditions étaient idéales : l'eau était assez agitée pour que ce soit amusant sans être inquiétant. Elles étaient dans un kayak jaune à deux places très stable. Malgré tout, Emily faillit les faire chavirer en essayant de rattraper sa pagaie tombée à l'eau. Une bonne partie de rigolade !

Son père était resté sur le ponton et prenait des milliards de photos. À côté de lui, Zack ne quittait pas l'embarcation des yeux, et gémissait lorsqu'elles s'éloignaient trop à son goût. Emily s'efforçait de le rassurer en lui criant des mots gentils.

Au bout d'un moment, elle eut mal aux bras à force de ramer. Comment sa mère, petite et menue, y arrivait-elle si facilement ? Elle semblait ne faire aucun effort, et le kayak avançait vite. C'est vrai qu'elle était très entraînée.

Après dîner, comme chaque soir, Emily gagna le salon. Elle y dormait toujours car Zack ne parvenait pas encore à monter l'escalier. Il avait essayé une fois, était resté coincé au milieu des marches, incapable d'avancer ou de reculer, et son père avait dû le porter jusqu'en bas. Comme le sol du salon était très dur, sa mère préparait le canapé pour qu'elle et Zack puissent s'y installer. Désormais, la seule utilisatrice du panier fait maison était Josephine.

Après avoir donné un biscuit à Zack et quelques croquettes au poulet à Josephine, elle se glissa dans les draps. Elle lut trois chapitres de *Jane Eyre*. Son amie Florence lui avait dit que c'était un vieux livre ennuyeux mais elle trouvait ça très bien. Surtout comparé aux *Quatre Filles du docteur March* qui lui avait tant cassé les pieds, avec cette Beth qui était toujours en train de se plaindre. Parmi les livres de la liste, il y avait aussi des romans contemporains, mais jusqu'à présent elle avait plutôt lu les classiques. Le prochain serait *Les Hauts de Hurlevent*.

Elle éteignit la lumière et s'endormit.

Or cette nuit-là, à nouveau, elle fit un horrible cauchemar.

C'était la fin de la journée, un peu avant le coucher du soleil. Il faisait déjà sombre. Elle était sur un vieux bateau, au milieu de l'océan. La mer était très agitée. Le pont était jonché de bouts de cordes, de filets déchirés, de cannes à pêche cassées, on pouvait à peine s'y déplacer. Le navire tanguait violemment sous la puissance des vagues. Certaines étaient si hautes qu'elles passaient par-dessus bord et se brisaient sur le pont.

Emily cherchait un endroit où s'abriter mais elle avait du mal à garder son équilibre. Elle glissait sans cesse.

Elle apercevait alors une faible lumière dans la cabine. Deux grandes formes y bougeaient. Des personnes ? Difficile à dire, elle ne distinguait pas bien. Peu importait, elle devait absolument rentrer dedans pour se protéger des vagues. Elle frappait à la porte, criait à plusieurs reprises. Pas de réponse. Ils n'avaient pas entendu. Ou, pire, ils avaient très bien entendu mais se moquaient de ce qui pouvait lui arriver.

Que faire ? Le bateau montait et descendait comme sur des montagnes russes. Elle s'agrippait à ce qu'elle trouvait, glissait, perdait l'équilibre, se redressait. C'était une lutte de chaque instant pour ne pas passer par-dessus bord ou être happée par une vague et…

Elle se réveilla en sursaut, perdue, encore frissonnante de peur. Puis elle comprit qu'elle avait fait un cauchemar.

Bizarre, malgré tout : le canapé avait l'air de remuer. Elle souleva les couvertures et vit que Zack était très agité. Il gémissait et tremblait dans son sommeil, et ses pattes bougeaient frénétiquement.

— Zack, murmura-t-elle en le caressant. Zack, réveille-toi. Tout va bien.

Il ouvrit les yeux, aussi égaré et effrayé qu'elle quelques secondes plus tôt. Et alors elle comprit.

Tous ces cauchemars…

Ça n'était pas les siens, mais ceux de Zack.

Chapitre 20

Le matin, lorsqu'elle se réveilla, Emily eut un doute. Avec le soleil qui inondait la pièce et l'odeur du petit déjeuner, elle se demandait si elle n'avait pas rêvé l'histoire entière – son cauchemar et celui de Zack.

Elle passa la matinée dans le jardin avec sa mère, à arracher les mauvaises herbes. Son père, marmonnant quelque chose à propos d'une revue d'histoire qu'il avait oubliée au collège, avait échappé à la corvée. Emily avait essayé de faire pareil, en expliquant à sa mère qu'elle devait monter dans sa chambre pour lire les romans de la liste. Sa mère avait éclaté de rire. Raté.

Pendant qu'elles travaillaient, Zack somnolait à leurs côtés.

— Tu crois que ça va finir par pousser ? demanda Joanne, une fois la tâche achevée.

— Je sais pas… Mais au moins, ça fait plus propre.

Sa mère soupira d'un air désolé.

Pour le déjeuner, Joanne cuisina une délicieuse soupe à l'oignon. Sa spécialité, accompagnée de pain complet et de gruyère râpé. Le tout gratiné au four. Toute la maison embaumait !

Drôle de coïncidence : Theo rentra pile au moment où les bols étaient servis…

— Tu en as mis, du temps, pour retrouver cette revue, lança sa mère sur un ton ironique.

Il prit l'air le plus innocent du monde. Du genre « De quoi s'agit-il ? ».

— Oui, je suis désolé, je devais vraiment régler cette histoire.

— Bien sûr. Et le jour où on rangera le garage, je pense que ça sera mon tour d'avoir oublié un truc très important au bureau.

Emily dressa l'oreille. Ranger le garage ? Oups, elle aussi devait déjà réfléchir à ce qu'elle aurait de primordial à faire ce jour-là.

Après le déjeuner, son père s'occupa de la

vaisselle – un pas vers la réconciliation – pendant que sa mère montait travailler dans son bureau.

Emily sortit faire un tour avec Zack. Arrivé au portail, il partit vers la gauche, comme d'habitude. Elle hésita, puis renonça : impossible de prendre cette direction, c'était trop risqué. S'il avait la mauvaise idée de lever la patte sur le grillage de Mme Griswold… elle n'osait même pas imaginer la réaction de la vieille folle. Elle prit donc vers la droite et tira sur la laisse. Zack la suivit. À une certaine distance.

— Ta patte te fait mal ? demanda-t-elle en se retournant.

Il remua la queue. Sans pour autant la rejoindre.

Au même instant, une image passa devant ses yeux : Mme Griswold, seule dans son salon, assise dans un fauteuil, regardant la télévision. L'air profondément triste. La vision était si précise qu'Emily s'arrêta net. Pourquoi cette image, tout à coup ?

Zack la regarda un moment de ses grands yeux bordés de noir. Puis il fit demi-tour et partit en sens inverse sur ses trois pattes.

— Zack, non ! s'exclama Emily. On ne va pas par là ! Pas question !

Elle tira doucement sur la laisse pour le ramener vers elle. Il résista. Elle tira plus fort. Il finit par céder, mais revint la queue basse et passa devant elle sans même s'arrêter.

Pendant quelques mètres, elle fit comme si de rien n'était. Puis elle craqua.

Elle s'approcha de lui, s'accroupit et prit la tête de son chien entre ses mains.

— Zack, je ne veux pas aller là-bas. Elle préfère être seule, on doit la laisser tranquille.

Il la fixa.

— Elle préfère, Zack, répéta-t-elle.

Sinon, pourquoi restait-elle enfermée toute la journée depuis des années en se montrant si hostile envers ses voisins ?

— Et elle ne nous aime pas. Tu te souviens comme elle a été méchante avec nous ? Elle n'aime personne.

À peine eut-elle achevé sa phrase qu'une nouvelle image de Mme Griswold apparut. Toujours solitaire et malheureuse, elle était assise dans sa cuisine et regardait fixement une tasse de café posée devant elle.

Emily frissonna. C'était encore un tour de son imagination. En même temps, elle avait l'étrange sentiment qu'elle n'avait pas inventé cette scène, mais qu'elle venait véritablement de plonger dans la vie privée de la vieille dame. Très troublant. Dérangeant, même.

Pour chasser cette vision, elle ferma les yeux et se força à penser à sa rencontre désagréable avec Mme Griswold devant sa maison. La manière dont celle-ci était sortie de chez elle, furieuse, en les menaçant de sa canne.

Elle ouvrit les yeux. Devant elle, le chien s'était assis et la regardait, la tête penchée sur le côté.

D'accord, elle ne s'était pas assez concentrée. Elle ferma de nouveau les yeux et se remémora tous les détails de la scène : le soleil, le chant des cigales, le cri des mouettes, le bruit des vagues au loin, l'odeur des pins, le relief de la route goudronnée sous ses pieds. Elle voulut se rappeler l'instant où Mme Griswold était apparue, la peur qu'elle avait éprouvée. Zack, à côté d'elle, effrayé.

À la place, elle vit Mme Griswold, devant chez elle, souriante, leur adressant un gentil signe de la main.

Dingue !

Et maintenant c'était des paquets de biscuits en tous genres qui défilaient sous ses paupières. Des cookies au chocolat, des sablés, des gaufrettes, des petits-beurre… Mais pourquoi pensait-elle à des biscuits ? Rien à faire, elle ne pouvait les chasser de son esprit. Alors qu'elle sortait à peine de table, elle avait soudain très faim.

Perturbée par ces pensées bizarres, elle s'assit

sur un tronc, au bord de la route. Zack s'allongea à ses pieds. Il agitait la queue, l'air gai et détendu.

Quelle drôle d'expérience ! Était-ce possible qu'elle partage les pensées de Zack ? Et lui les siennes ? Qu'ils fassent parfois les mêmes cauchemars ? Ou bien tout cela n'était-il que le fruit de son imagination ? Comment savoir ? Elle devait en avoir le cœur net. Toute cette histoire commençait à la mettre très mal à l'aise. Soit elle lisait dans les pensées de son chien, soit elle était folle.

Peut-être les deux ?

— Zack, tu crois que nos cerveaux sont connectés ?

Le chien se roulait dans l'herbe avec des grognements de plaisir.

— Mon cauchemar, cette nuit, c'était le tien ?

Elle le regarda se tortiller dans tous les sens. D'accord, il avait l'air tout à fait dans ses propres pensées et s'éclatait. Et elle était simplement en train de délirer.

Des biscuits. Des tas de biscuits dans une grande assiette blanche, voilà ce qu'elle voyait maintenant. Elle n'en raffolait pourtant pas ! Pourquoi cette obsession soudaine des biscuits ?

Zack avait fini ses roulades et était à présent calmement allongé.

— Tu aimes les biscuits ? lui demanda-t-elle. Tu en veux ?

Il redressa la tête, les yeux brillants. Avec un sourire façon chien.

On aurait dit un oui.

Si seulement il pouvait parler ! Au moins, elle saurait à quoi s'en tenir.

Bon, elle essayait encore une fois, puis elle laisserait tomber l'affaire, promis. En tout cas pour aujourd'hui.

Elle baissa la tête et se cacha les yeux avec les mains pour s'isoler au mieux du reste du monde. Cette fois, elle marchait sur la route en direction de la maison de Mme Griswold, ouvrait le portail et s'avançait vers la porte d'entrée.

Zack interrompit l'exercice en tirant brutalement sur sa laisse. Il s'était levé d'un bond et semblait très pressé de partir.

Elle avait la réponse à ses questions.

Direction la maison de Mme Griswold.

Chapitre 21

Tandis qu'elle marchait sur la route, Zack gambadait d'un côté et de l'autre, s'arrêtant pour renifler toutes sortes d'odeurs intéressantes. Soudain, il s'immobilisa au milieu de la chaussée et poussa des jappements. Devant lui : une tortue ! Zack lança à Emily un regard inquiet et, une fois de plus, elle se demanda dans lequel des deux cerveaux – celui de Zack ou le sien – avait surgi cette image de voitures lancées à pleine vitesse sur la route en direction de la tortue.

Peu importait, il fallait agir.

— Reste là un instant, ordonna-t-elle à son chien en l'emmenant sur le bas-côté.

Elle se pencha pour ramasser la tortue, bien

plus lourde qu'elle ne pensait, et un peu dégoûtante, il faut le dire, avec ses pattes et sa peau de reptile lisse et froide. Heureusement, ça ne mordait pas ! Elle déposa l'animal à côté du ruisseau, derrière de grands rochers qui lui barreraient l'accès à la route.

Lorsqu'elle rejoignit Zack, il remua la queue. Elle eut l'impression qu'il la remerciait d'avoir sauvé la vie de la tortue. Mais peut-être qu'elle délirait... Après tout, les chiens agitaient souvent la queue. Pourquoi passer son temps à tout analyser comme ça ? Elle devait accepter le fait que Zack et elle se comprenaient très bien, un point c'est tout.

Quelques instants plus tard, elle aperçut la maison de Mme Griswold. Elle ralentit l'allure sans même s'en rendre compte et sentit son estomac se serrer. La femme était assise dans un fauteuil en osier, sous le porche. Elle était plongée dans son journal. Avec un peu de chance, elle ne les remarquerait même pas. Ils pourraient passer sans qu'elle les voie, et Emily aurait fait plaisir à Zack.

Cétait sans compter avec le chien, qui s'arrêta et aboya joyeusement.

Mme Griswold leva les yeux de son journal.

— Désolée, lâcha Emily. D'habitude il n'aboie pas.

La vieille dame grimaça un sourire.

— Pas de problème, dit-elle. C'était peut-être amical.

Elle avait dit « amical » ?

— Euh… oui, sans doute, bafouilla Emily.

— Ça n'est pas mauvais pour lui de marcher chaque jour, dans l'état où il est ? continua Mme Griswold. J'ai l'impression que tu lui en demandes beaucoup.

Quoi ? Elle était en train d'insinuer qu'elle s'occupait mal de son chien ? Emily caressa la tête de Zack d'un geste protecteur.

— On ne va pas loin. Le vétérinaire a dit qu'il était très intelligent et que je devais le laisser suivre son instinct. Et il a aussi besoin d'exercice, pour que ses poumons guérissent.

Mme Griswold hocha la tête. Mais elle ne paraissait pas convaincue.

— Il a l'air d'avoir faim.

C'est sûr, Zack avait tout le temps faim ! Mais elle n'allait quand même pas lui donner à manger à longueur de journée, ça ne serait pas bon pour lui.

— Peut-être, oui. Je crois qu'il vaut mieux que je le ramène à la maison pour…

— Il a faim maintenant, coupa-t-elle d'un air sévère. Il est même affamé.

Mais enfin, qu'est-ce qu'elle croyait, cette vieille folle ? Qu'ils maltraitaient Zack ?

Emily fronça les sourcils.

— Il a mangé juste avant qu'on sorte.

Pendant qu'elles parlaient, Zack s'était approché du portail et reniflait avec enthousiasme.

— Je ne veux pas qu'il se mette à courir dans mon jardin et à écraser mes fleurs, lança Mme Griswold en haussant la voix. Tiens bien sa laisse, enfin !

— Oui, madame… Je veux dire, non, madame…

— Et arrête de marmonner comme une vieille fille ! J'ai entendu dire que tu étais une gamine intelligente, montre-le !

Emily ouvrit la bouche, puis la referma, sans un mot.

— Pourquoi il me regarde comme ça, ton chien ?

Elle se tourna vers Zack et vit qu'il avait les yeux rivés sur la petite table à côté de Mme Griswold, sur laquelle était posée une assiette… de biscuits.

Des biscuits. Bien sûr.

— Je crois qu'il a repéré les cookies qui sont près de vous.

Mme Griswold fit la moue.

— Bon. Comme il est vraiment maigre, j'imagine

que ça ne peut pas lui faire de mal si on lui en donne un ?

Elle se leva en s'aidant de sa canne, prit deux biscuits dans l'assiette et se dirigea lentement vers le portail.

— Je ne veux pas qu'il me morde les doigts, prévint-elle.

Emily, elle, n'avait rien contre.

— Ne vous inquiétez pas, madame, ça n'est pas son genre.

— Eh bien on va voir ça, dit Mme Griswold en tendant un biscuit à Zack.

Emily remarqua que sa main tremblait.

Son chien prit doucement la friandise, l'avala en deux secondes et releva la tête d'un air engageant.

— Je suppose qu'il veut l'autre, maintenant, commenta la voisine d'un ton grincheux.

Sauf que l'expression de son visage était beaucoup plus douce que sa voix.

— Je pense que oui, madame, confirma Emily.

Mme Griswold donna à Zack le second biscuit. Il l'engloutit aussitôt puis posa gentiment sa tête sur la main de la vieille dame et remua la queue. Elle fit une sorte de grimace qui pouvait aussi bien être un sourire et lui donna une rapide caresse.

C'était drôle de les voir tous les deux comme ça.

Pour la première fois, Emily voyait en Mme Griswold non pas une vieille femme méchante et désagréable, mais quelqu'un de solitaire et de timide qui ne savait pas comment se comporter avec les êtres humains. Cette personne que Zack avait vue.

— Euh… Merci pour les biscuits. Zack adore ça.

— Mmmh…, marmonna Mme Griswold avec un geste de la main. On ne va pas en faire toute une histoire. Maintenant, partez.

Emily hocha la tête et fit demi-tour sans demander son reste.

Une fois à la maison, elle remplit de nouveau la gamelle de Zack, qui n'en fit qu'une bouchée. C'était vrai que ce chien avait *toujours* faim ! Elle se servit un verre de limonade, s'assit sur un tabouret et regarda sa mère préparer la salade. Une bonne odeur de lasagnes s'échappait du four.

— Est-ce que tu sais si Mme Griswold a déjà eu un chien ? questionna-t-elle.

Sa mère s'arrêta un instant de couper les tomates et réfléchit.

— Oui, je me souviens qu'ils avaient un genre d'épagneul. Une chienne. Elle s'appelait Pétunia, ou quelque chose comme ça. Mais c'était il y a très longtemps. Pourquoi ?

— Pour rien. Je me demandais.

Quelle drôle d'idée de donner un nom de fleur à un chien ! Pas sûr que Zack aurait aimé s'appeler Œillet ou Jasmin…

— Elle a toujours été méchante ? Je veux dire, elle l'était déjà quand vous êtes arrivés ici ?

— Elle n'était pas vraiment amicale, répondit sa mère. Juste normale. Et elle était très active. Les gens changent.

— Et c'est vrai que… qu'elle a tué son mari ?

Sa mère se tourna vers elle, stupéfaite.

— Mais enfin, pourquoi dis-tu une chose pareille ?

La réaction de sa mère l'effraya presque, elle ne s'attendait pas à ça.

— Je sais pas… Je demandais juste. Tu veux que je mette la table ? Ou que je t'aide pour la salade ?

— Emily, tu m'as très bien entendue, ne change pas de sujet. Qui t'a raconté une chose pareille ?

— Bah, je sais pas…, répondit-elle en haussant les épaules. Les gens, quoi. Pas seulement Bobby, aussi tous ceux qu'on croise chez Cyril.

Sa mère poussa un soupir et attrapa l'huile d'olive et le vinaigre sur l'étagère.

— C'est une petite ville et les rumeurs circulent. Mais ce ne sont que des rumeurs, tout n'est pas forcément vrai.

— Donc il s'est passé quelque chose, c'est ça ?

Sa mère hocha la tête.

— Au moment de Noël, il y a une bonne dizaine d'années, il neigeait, la route était verglacée. Ils rentraient en voiture, d'un dîner, je crois. Ils ont eu un accident dans le tournant, juste avant le pont.

Elle se tut un instant, les yeux perdus dans ses souvenirs.

— M. Peabody a immédiatement su, par la radio. Il est venu chercher ton père et ils sont allés voir s'ils pouvaient aider. Je suis restée ici avec toi car tu avais une otite et beaucoup de fièvre.

M. Peabody était branché sur la radio locale à peu près vingt-quatre heures sur vingt-quatre et écoutait tous les programmes imaginables. Dont, bien sûr, les infos régionales.

— Et donc..., bafouilla Emily. Le mari de Mme Griswold, il était... ? Enfin...

— Oui, il est mort sur le coup. C'était horrible. Mme Griswold a été blessée, c'est depuis ce moment qu'elle marche avec une canne. C'est elle qui conduisait, j'imagine qu'elle a dû se sentir responsable. Elle n'a plus jamais été comme avant.

Emily ferma les yeux et se représenta la scène : la neige, la voiture accidentée sur la route, Mme Griswold emmenée sur un brancard, le visage grave des gens autour.

Zack, allongé sur le tapis, leva vivement la tête, puis la reposa. La technique avait marché.

— Parfois, j'ai l'impression qu'il écoute ce qu'on dit, remarqua sa mère. Pas toi ?

C'était le moment ou jamais de lui raconter. Pourtant, Emily se sentit soudain gênée. Elle avait envie de lui en parler, mais peut-être valait-il mieux attendre d'y voir elle-même plus clair ?

— Ouais, répondit-elle en lançant un morceau de carotte à Zack. On dirait presque qu'il comprend.

Chapitre 22

Le jour suivant, Bobby vint chez Emily et ils passèrent l'après-midi à s'amuser avec Zack. Ils lui lançaient à tour de rôle une balle de tennis, le plus loin possible ; il courait la chercher puis la leur rapportait. Le matin même, il était venu la voir avec une balle dans la gueule qu'il avait lâchée à ses pieds. Elle avait compris qu'il était désormais assez en forme pour jouer comme n'importe quel chien.

À l'heure du goûter, affamés, les deux enfants déboulèrent dans la cuisine et se jetèrent sur les biscuits et le jus d'orange que Joanne avait préparés. Emily donna à Zack quelques friandises pour chien et, lorsque Josephine pointa le bout de son museau, elle lui versa des croquettes au thon dans un bol. Festin pour tout le monde !

L'envie de raconter à quelqu'un ce qui s'était passé la veille avec Zack la démangeait. Pourquoi pas à Bobby ? D'abord, c'était son meilleur ami ; et en plus, il était du style à accueillir n'importe quel secret d'un « Ah, c'est cool ! » assez rassurant. Oui, c'était à lui qu'elle pouvait confier son étrange découverte.

— Dis… Tu crois à la parapsychologie ?

Bobby haussa les épaules en enfournant un dixième cookie dans sa bouche.

— Du genre quand on peut lire dans les pensées des autres ? Ouais, pourquoi pas ?

Il mâcha son biscuit avant d'ajouter :

— Enfin, sauf si c'est un truc illégal.

Pas exactement le genre de réponse qui allait aider Emily.

— Et ça t'est déjà arrivé ? poursuivit-elle.

— Je sais pas… Ça compte quand le téléphone sonne et que tu es à peu près sûr de savoir qui c'est ?

— Pas si le nom s'affiche !

Bobby éclata de rire.

— En fait, ce qui me préoccupe, c'est des histoires de dons surnaturels.

Bobby la regarda avec étonnement.

— Tu veux dire que tu peux lire dans les pensées ? Là, par exemple, tu peux lire dans les miennes ?

Emily jeta un rapide coup d'œil dans le salon puis par la fenêtre pour s'assurer que ses parents n'étaient pas dans les environs. Sa mère, surtout, qui avait filé dans le jardin et pouvait revenir d'une seconde à l'autre.

— Tu me jures d'en parler à personne ? Parce que c'est un peu bizarre…

— Sérieux, tu lis dans les pensées ? Ah, c'est cool ! Tu peux m'apprendre ? Comme ça, si je lis dans tes pensées, je n'aurai plus à réviser mes interros.

Elle secoua la tête.

— Non, c'est pas ça. C'est… hum… c'est Zack.

Bobby baissa le regard vers le chien, qui dormait paisiblement.

— Je comprends pas… Zack a des dons surnaturels ?

— Je crois qu'on en a tous les deux.

— Waouh ! s'exclama Bobby, enthousiaste. Raconte !

Par où pouvait-elle commencer ?

— Par exemple, quand j'ai fait un cauchemar où je me noyais, Zack était *vraiment* en train de se noyer au même moment. Et je suis allée dehors malgré l'orage parce que je *sentais* que je devais le faire.

Bobby fronça les sourcils.

— Tu ne crois pas plutôt que c'est parce que tu as deviné quelque chose ? Ou qu'il a aboyé et que tu l'as entendu sans t'en rendre compte ?

— C'est ce que j'ai pensé, au début. Puis c'est revenu, de plus en plus régulièrement. À la clinique, je sentais l'odeur des médicaments que le vétérinaire lui donnait, alors que je n'étais même pas dans la pièce. Je sais à l'avance ce qu'il aime manger et ce qu'il n'aime pas. Des trucs comme ça. Et je me demande si c'est vraiment chouette ou si ça craint.

— Sûr que c'est un peu bizarre… Et ça fait peur ?

— Non, pas peur. Enfin, les cauchemars, si. Je ressentais et vivais des choses qui ne correspondaient pas à la réalité. J'étais au beau milieu de l'océan en train de me noyer et pourtant j'étais bel et bien dans ma chambre. Ça ne collait pas…

Les yeux de Bobby brillaient de plus en plus. Cette histoire devenait aussi excitante qu'une partie de Dragon Ball Z !

— Mais… euh… Zack parle pas ? Tu sais, comme E.T…

Manquerait plus que ça ! Si ça avait été le cas, elle aurait cru qu'elle était folle !

Elle secoua la tête.

— Non, ça ne se passe pas comme ça. En gros, il m'envoie des idées : tout à coup j'ai une pensée dans mon cerveau et en fait c'est lui qui essaie de me dire quelque chose. Hier, par exemple, je pensais à cette peau de vache de Mme Griswold et il m'a « dit » qu'elle avait besoin qu'on soit gentils avec elle. C'est comme si on avait une discussion, mais avec des images au lieu de mots.

— C'est un truc de ouf, ton histoire ! s'exclama Bobby. Et tes parents, ils en pensent quoi ?

Emily lui lança un regard penaud.

— Je ne leur ai pas encore dit. Je veux être sûre que ce ne sont pas juste des coïncidences.

Bobby hocha la tête d'un air pensif et jeta un coup d'œil à Zack, toujours allongé. Il semblait écouter la conversation d'une oreille distraite, tout en somnolant.

— C'est peut-être un alien, ton chien. Ou un Martien, ou un autre machin surnaturel qui vient d'un monde parallèle.

À son tour, Emily observa son chien. Puis elle lui caressa doucement la tête avant de lui donner un cookie. Qu'il engloutit en remuant la queue avant de replonger dans sa sieste.

— Non, je crois que c'est un chien tout ce

qu'il y a de plus normal. C'est juste qu'on est… connectés.

— Tu crois que tu as été « choisie » ? Qu'on t'a envoyé Zack ?

À lui, elle pouvait bien dire la vérité. Bobby était son meilleur copain.

— Oui, je crois. Je ne sais pas pourquoi c'est tombé sur moi, mais j'en suis sûre.

— T'as une sacrée chance ! dit Bobby, très impressionné. Si ça se trouve, il va t'arriver plein de trucs sympa grâce à ça.

Emily eut un grand sourire.

— Peut-être bien !

Après le départ de Bobby, elle retourna dans le jardin pour jouer avec Zack. Pendant plus d'une heure, elle lui envoya la balle de tennis. Malgré son plâtre, qui l'obligeait à courir sur trois pattes, il ne se lassait pas de ces allers-retours. Elle craqua la première et rentra à la maison pour voir ce qui l'attendait pour le dîner.

Elle trouva sa mère assise à la table de la cuisine. Devant elle, une pile de papiers administratifs et de factures.

— On dîne bientôt ? demanda Emily.

— Dans une heure, répondit sa mère d'un air distrait. Je dois d'abord finir ça.

Emily haussa les épaules et ouvrit la porte du réfrigérateur. Malgré tout ce qu'elle avait englouti au cours de l'après-midi, elle avait l'impression de ne pas avoir mangé depuis huit jours.

Au moment où elle ouvrait son yaourt à la pêche, le téléphone sonna.

— J'y vais, dit-elle.

Sa mère ne broncha pas. C'est à peine si elle avait entendu la sonnerie.

Le numéro qui s'affichait était celui de la clinique vétérinaire. Ils appelaient sûrement pour confirmer le rendez-vous de contrôle de Zack. Emily s'empressa de décrocher.

— Allô ?

— Bonjour, Emily. C'est le docteur Kasanofsky.

Sa voix semblait tendue. Emily se crispa.

— Bonjour, docteur.

— Peux-tu me passer ton père ou ta mère, s'il te plaît ?

De plus en plus inquiétant.

— Il y a un problème ? demanda-t-elle, la gorge serrée. Si c'est les résultats des analyses de Zack…

— Non, non, rien à voir. En fait… des gens viennent d'appeler la clinique et… leur chien a disparu.

Son cœur s'arrêta de battre dans sa poitrine et ses jambes se dérobèrent sous elle. Elle dut se retenir à la table pour ne pas tomber.

— Je… Oui, d'accord, un instant.

Elle se tourna vers sa mère et couvrit le combiné avec sa main.

— Maman, c'est le docteur K. Il dit que des gens ont réclamé Zack.

Sa mère bondit de sa chaise, les sourcils froncés, et attrapa le téléphone. Tandis qu'elle parlait, Emily sentit les larmes monter.

Zack, à un mètre de là, était en train de boire bruyamment dans son bol d'eau. Il s'interrompit, leva la tête et vint s'asseoir près d'elle. Elle enfouit son visage dans les poils soyeux de son chien et se mit à pleurer.

Au fond d'elle-même, elle avait toujours redouté cet instant. Elle n'avait jamais été complètement tranquille : elle savait que d'éventuels propriétaires de Zack pouvaient se manifester. Malgré tout, chaque jour qui passait écartait cette possibilité. Et Zack avait pris tant d'importance dans sa vie !

Au moment où sa mère raccrochait, son père entra dans la cuisine.

— Qu'est-ce qui se passe ?

— C'était le docteur K., répondit Joanne, le regard sombre. Les propriétaires de Zack ont appelé. Ils vont venir demain à la clinique pour le récupérer.

Chapitre 23

Emily était inconsolable, les larmes coulaient sans fin sur ses joues.

Comment ces gens pouvaient-ils se manifester après tout ce temps ? Zack avait disparu de leur vie depuis des jours et voilà qu'ils surgissaient d'un seul coup et demandaient à le récupérer ? C'était vraiment injuste. Impossible, même.

— Ils ont dit que Zack était tombé du bateau pendant qu'ils pêchaient, expliqua sa mère. Ils n'ont pas réussi à le rattraper et ils ont pensé qu'il s'était noyé.

Emily s'essuya les yeux du revers de sa manche.

— Et pourquoi ils n'ont pas appelé la clinique plus tôt, alors ? Ils s'en fichent, de Zack.

— Ils croyaient qu'il s'était noyé, Em, répondit son père. Donc ils…

— Donc ils ne s'occupaient pas bien de lui, s'écria Emily. S'il était sur un bateau, il aurait dû avoir un gilet de sauvetage. Et puis il n'avait même pas de collier ni de plaque d'identité. Ils ne l'aimaient pas !

Ses parents échangèrent un regard.

— Chacun s'occupe de son animal à sa manière, dit sa mère. On ne peut pas juger.

Si, justement ! Et même, il *fallait* juger. Et en tirer des conclusions.

Elle serra son chien contre elle.

— Ils ne me prendront pas Zack.

Son père soupira et s'assit par terre à côté d'elle.

— Emily, je sais que c'est très dur pour toi, mais je ne vois pas…

— Je ne veux pas le leur donner. Jamais.

Ni à eux, ni à personne d'autre. Peu importait ce qui arriverait.

Elle passa la soirée blottie contre son chien à pleurer toutes les larmes de son corps. Zack restait tout contre elle. Ne pas pouvoir lui expliquer ce qui l'attendait le lendemain – ce qui *les* attendait – la désespérait encore plus.

Elle eut juste la force d'envoyer un mail à Bobby et à quelques autres amis pour les prévenir. Pour ne pas entendre de questions du genre « Et comment va Zack ? »... Puis elle se remit à pleurer.

À tour de rôle, ses parents venaient la voir. Ils essayaient de lui parler, de la consoler, lui caressaient les cheveux, l'embrassaient. Elle ne répondait même pas. Continuait à sangloter. Pour avoir la paix, elle finit par s'allonger sur le canapé et par éteindre la lumière et elle fit semblant de dormir. Bien sûr, ils cherchaient à l'aider, mais elle n'avait pas envie de ça pour l'instant. Seul comptait Zack. Son Zack, qu'on lui enlevait. Et elle ne pouvait rien faire contre ça.

Elle était épuisée à force de sangloter. Malgré cela, elle lutta contre le sommeil toute la nuit. Chaque seconde qui restait, elle voulait la passer avec Zack, au plus près de lui. Avec son départ, elle savait qu'elle perdrait une partie d'elle-même. Elle ne parvenait pas à imaginer ce qu'allait être la vie sans lui.

Le jour était à peine levé lorsqu'elle entendit un petit bruit contre la vitre, suivi d'un genre de cri de hibou.

Bobby ? C'était bien son signal. Mais si tôt ? À 6 heures du matin ?

Elle s'approcha de la fenêtre et regarda dehors à travers les voilages. C'était bien lui ! Il était dans le jardin, devant elle. Il mit un doigt sur ses lèvres et lui fit signe de le rejoindre. Elle attrapa aussitôt son sweat à capuche et enfila ses Converse.

— Chuuuut, murmura-t-elle à Zack qui la suivait.

Elle traversa la cuisine à pas de loup et ouvrit sans bruit la porte pour se glisser dehors.

— Qu'est-ce qu'il y a ? chuchota-t-elle lorsqu'elle se trouva près de Bobby. Il est super tôt !

Il avait les cheveux en bataille, l'air fatigué, et portait les mêmes vêtements que la veille. Visiblement, il n'avait pas non plus fermé l'œil de la nuit.

— J'ai eu une idée, lâcha-t-il à toute allure. Je prends Zack avec moi et tu raconteras aux gens qu'il s'est de nouveau perdu. Et je ne te dirai même pas où il est, comme ça tu n'auras pas à mentir.

Pourquoi pas ? Après tout, c'était une solution. Pas géniale, mais mieux que rien. Elle jeta un rapide coup d'œil autour d'elle pour s'assurer que personne ne les entendait. Mieux valait être prudent.

— Tu crois que ça peut marcher ? demanda-t-elle.

— Certain ! Ni vu ni connu, je le ramène demain soir, et tu diras juste que tu l'as retrouvé.

Le plan était tentant, mais elle n'était pas très convaincue de sa réussite.

— Alors, ils vont revenir après-demain pour le prendre ?

— Ah ouais..., lâcha Bobby en fronçant les sourcils. Dans ce cas, je vais le garder plus longtemps. Une semaine. Ou jusqu'à ce qu'ils arrêtent de le réclamer.

Une vague de découragement envahit Emily. Elle aurait souhaité de tout son cœur que ce plan puisse marcher. Mais au fond d'elle-même, elle savait bien que c'était impossible.

Elle secoua tristement la tête.

— Mes parents et le docteur K. devineront la vérité. Et ils m'obligeront à rendre Zack.

— Peut-être, reconnut Bobby. Mais ça vaut le coup d'essayer, non ?

— On peut pas faire ça, Bobby, soupira-t-elle. C'était leur chien en premier. Si c'était moi, je n'aimerais pas qu'on me le fasse.

Il haussa les épaules.

— Mais toi tu fais super attention à lui, tu t'en occupes plus que bien. Pas eux. Ils ne devraient pas avoir le droit de le récupérer.

Emily ressentit soudain une grande fatigue et une profonde tristesse. Zack était comme elle : adopté. La situation n'était pas exactement la même, mais il y avait beaucoup de points communs. Peut-être que ses parents redoutaient de recevoir un jour un coup de fil d'inconnus qui diraient : « Nous voulons reprendre notre fille. »

— Je sais, finit-elle par répondre. Mais c'est non.

Un long silence.

— Tu es sûre ? insista-t-il. Moi je suis vraiment prêt à le faire.

Ce qui signifierait qu'elle pourrait passer quelques jours supplémentaires avec Zack. Elle baissa le regard vers son chien qui se tenait tout contre sa jambe et lui caressa les oreilles.

— Je sais, répéta-t-elle. Désolée, on ne peut pas faire ça.

Bobby hocha la tête, l'air très déçu.

— Mais merci pour ta proposition, ajouta-t-elle, les yeux pleins de larmes. C'était cool.

— Je suis ton ami, Em. Je serai toujours là pour t'aider.

Pareil : si Bobby avait besoin d'aide, il pouvait compter sur elle. Bien sûr.

Malheureusement, à cet instant, aucun des deux ne pouvait grand-chose à la situation. Ils n'avaient pas d'autre choix que de se résigner. Pas facile…

Emily retourna à pas lents vers la maison, Zack sur les talons, en faisant un effort surhumain pour ne pas changer d'avis. Elle en mourait d'envie. Ces gens qui avaient mis tant de temps pour retrouver Zack ne méritaient pas de le reprendre.

Dire que dans quelques heures elle les rencontrerait… Comment Zack réagirait-il ? Et s'il se montrait très heureux de les retrouver ? À cette pensée, elle frémit : ça serait pire que tout.

Lorsqu'elle poussa la porte, elle vit sa mère assise à la table de la cuisine, l'air grave.

— C'était Bobby, dehors ?

Visiblement, elle les avait observés par la fenêtre.

— Ouais, il est passé dire bonjour.

Sa mère jeta un coup d'œil à l'horloge.

— Il est matinal, dis-moi.

Bobby était connu pour être un grand amateur de grasses matinées. Même le jour de son anniversaire ou de Noël, il avait du mal à se lever !

— Ouais, marmonna Emily.

Après lui avoir rempli un verre de jus d'orange, sa mère lui fit signe de s'asseoir.

— Vous n'étiez pas, par hasard, en train de mijoter un plan pour faire disparaître Zack pendant quelques jours ?

Emily haussa les épaules en évitant le regard de sa mère.

— Et qu'est-ce que vous avez décidé ? poursuivit cette dernière.

La fillette leva un regard interrogateur. De quoi

parlait sa mère ? C'était presque comme si elle l'autorisait à cacher Zack… Elle la regarda dans les yeux et vit que Joanne attendait simplement une réponse honnête.

— On ne va rien faire. De toute manière, les gens reviendront le prendre dès qu'il aura réapparu.

Le silence s'installa quelques instants.

— Si tu avais été sûre que ça marcherait, tu l'aurais fait ? demanda sa mère.

Emily hésita. Oui ou non, aurait-elle caché Zack ? Et menti ?

— Je ne crois pas…, lâcha-t-elle. Enfin… Peut-être…

— C'est bien, tu es sincère. Mais tu te serais sentie comment si tu l'avais fait ?

— Comme si j'avais volé le chien de quelqu'un, murmura Emily.

Sa mère hocha lentement la tête avec un sourire affectueux.

Elles restèrent ainsi pendant un long moment, silencieuses. Emily caressait Zack assis à côté d'elle.

— Je sais combien c'est dur pour toi, Em, dit sa mère. Mais nous avons toujours su qu'il y avait ce risque.

— Je croyais que c'était bon, depuis le temps. Que le danger était écarté, maintenant.

Cela faisait presque deux semaines qu'elle avait trouvé Zack.

— Ton père et moi pensions la même chose, à vrai dire.

Emily ne savait pas ce qui était le pire : que Zack soit avec elle puis la quitte ou qu'elle ne l'ait jamais connu.

— Est-ce que je peux faire quelque chose pour t'aider ? demanda sa mère.

Emily secoua la tête.

Tout ce qu'ils devaient faire, à présent, c'était attendre que ces gens lui prennent son chien. Pour toujours.

Chapitre 24

Ils avaient rendez-vous à la clinique vétérinaire de l'Océan à 10 h 30 avec le propriétaire de Zack, un certain M. MacGuire. À chaque minute qui passait, Emily était plus triste. Si Zack avait été son chien, elle aurait demandé à ses parents de la conduire à la seconde même où il avait été retrouvé. Jamais elle n'aurait pu attendre le lendemain matin, elle !

C'était trop injuste.

Et si le destin avait mis Zack sur sa route, pourquoi devait-il maintenant lui être enlevé ? Ça aussi, c'était injuste.

Zack semblait perturbé de la voir pleurer ainsi. Pour le préserver, elle fit en sorte de se montrer forte et de retenir ses larmes. Peut-être qu'il aimait ses maîtres autant qu'elle ? Elle ne voulait surtout pas le rendre malheureux. Elle devait donc se ressaisir et se comporter comme d'habitude : le caresser, l'embrasser, le nourrir comme si de rien n'était. Pour qu'il ne se sente pas aussi triste qu'elle.

Sa mère avait préparé du pain perdu avec de la crème Chantilly. En temps normal, elle se serait jetée dessus : c'était son petit déjeuner préféré. Mais là, impossible d'avaler la plus petite bouchée. À la simple idée de manger elle était écœurée.

Zack avait l'air nerveux. Il ne tenait pas en place, tournant en rond dans le salon, venant près d'elle, s'approchant de la fenêtre puis repartant tout en gémissant.

Assise dans le salon, elle le regardait aller et venir sans pouvoir se résigner à l'emmener dehors pour leur dernière promenade. Pourtant, il fallait le faire. Il avait visiblement besoin de sortir.

— OK, dit-elle en essuyant ses larmes avec sa manche.

Au même moment, une image passa devant ses yeux. Celle d'une camionnette sur une route. Un vieux pick-up bleu. Zack gémit encore plus fort. Puis il se dressa sur ses pattes arrière et s'appuya sur le rebord de la fenêtre.

Zack savait que son maître venait le chercher ! Il s'approcha d'elle, poussa sa jambe avec sa truffe puis retourna à la fenêtre. Il lança un gros aboiement et gratta énergiquement la vitre avec sa patte.

Emily sentit son cœur se serrer. Il avait reconnu l'odeur de son maître. De celui à qui il appartenait.

De nouveau, elle vit le pick-up bleu. Il s'arrêtait devant un immeuble, des hommes descendaient. Le bâtiment ressemblait à… une clinique. Oui, elle voyait la clinique vétérinaire de l'Océan. À l'évidence, Zack avait hâte d'y aller et de retrouver les MacGuire. Ses *vrais* maîtres. Des gens qu'il aimait. Et qui lui avaient manqué. Bien plus qu'elle ne l'avait imaginé.

— OK, répéta-t-elle en attrapant le sac qui contenait la nourriture, les jouets, les médicaments et les gamelles.

Elle l'avait préparé avec sa mère, un peu plus tôt, la mort dans l'âme.

— C'est bon, j'ai compris. Viens, on va chercher Papa et Maman.

Il était si pressé qu'il la poussa vers la cuisine et se précipita contre la porte en aboyant.

Ses parents, assis à table, l'air triste, les regardèrent avec étonnement.

— Qu'est-ce qui se passe ? demanda Theo.

— Je…, bafouilla Emily. Je crois qu'il veut y aller. Peut-être que les propriétaires sont arrivés plus tôt ? Il a sûrement hâte de les voir. On peut partir maintenant ?

Ses parents échangèrent un bref regard et se levèrent aussitôt. Son père sortit pour démarrer la voiture.

Pendant tout le trajet, Zack se montra agité et inquiet. Plus anxieux qu'impatient, à vrai dire. Ce qui troubla Emily. Ses maîtres lui avaient-ils manqué à ce point ? Ou bien était-ce l'idée de la quitter qui le rendait triste ? Peut-être savait-il combien elle était malheureuse et ne parvenait-il pas à se réjouir ? Elle était égoïste de lui gâcher son bonheur en pleurant sans arrêt.

— Ne t'inquiète pas, Zack, murmura-t-elle à son oreille. Je comprends très bien que tu aies envie de retourner avec eux. Ça va aller pour moi. Je veux juste que tu sois heureux.

Zack se laissa aller contre elle une seconde, puis se dégagea pour renifler frénétiquement l'air qui s'engouffrait par la fenêtre entrouverte.

C'est alors qu'un sentiment inattendu envahit Emily. La colère. Zack était-il en colère ? Un flash apparut soudain devant ses yeux : une image du docteur K. Était-il en colère ? Quelqu'un était en colère, mais elle ne parvenait pas à savoir qui. Elle ? Bien sûr, elle était en colère parce qu'elle devait rendre Zack… Mais ça n'était pas ça non plus.

Elle ferma les yeux pour essayer de mettre de l'ordre dans la foule d'émotions et d'images qui se bousculaient dans sa tête. La fatigue et la tristesse ne l'aidaient pas à y voir clair : elle se sentait vraiment perdue.

Lorsqu'ils arrivèrent devant la clinique, elle aperçut le vieux pick-up bleu qu'elle avait visualisé. Il était garé à la va-vite devant la porte d'entrée, à cheval sur deux places. Avec sa carrosserie sale et défoncée et sa benne arrière remplie de vieux filets de pêche, il ne payait pas de mine.

Elle ne voulait pas rendre Zack à ces gens. Elle n'avait même pas envie de sortir de la voiture. Tout ce qu'elle souhaitait, à cet instant, c'était rentrer à la maison et donner Zack à Bobby pour qu'il le cache le plus longtemps possible.

— Bon…, dit sa mère en poussant un soupir. Je crois qu'on doit y aller. Emily, je sais, c'est très dur…

Emily s'essuya les yeux et prit une profonde inspiration : elle ne voulait pas que tout le monde la voie pleurer. Lorsqu'elle ouvrit la portière, Zack la poussa pour se précipiter dehors. Elle faillit tomber et s'agrippa à la laisse pour le suivre.

Il traversa le parking en courant tant bien que mal avec sa patte plâtrée et, une fois devant la porte, gratta furieusement. Emily ouvrit.

Elle s'arrêta net sur le seuil, stupéfaite. Dans le hall d'entrée, deux hommes étaient en train de hurler sur le docteur Kasanofsky. L'un d'eux, tout en criant, tapait sur un des ordinateurs avec une batte de base-ball ! La chemise du docteur Kasanofsky était déchirée et ses lunettes étaient tordues.

— Sors immédiatement, Emily ! lança-t-il dès qu'il l'aperçut.

Les deux hommes se retournèrent. Âgés d'une trentaine d'années, pas rasés depuis au moins trois jours, ils portaient l'un et l'autre une casquette de base-ball, un tee-shirt délavé, un pantalon troué et des grosses chaussures. Ils se ressemblaient beaucoup.

— Ah, le voilà ! s'exclama celui qui tenait la batte en brandissant un poing menaçant vers le docteur Kasanofsky. Vous vouliez le cacher, hein ? Eh ben vous allez voir comment je vais la démolir, votre sale baraque !

— Ouais, c'est bien lui, confirma son sosie. Viens ici, Rocky.

Rocky ?

Zack se mit à grogner en retroussant les babines

et s'avança vers eux. Le docteur Kasanofsky rejoignit Emily d'un bond et la poussa vers la porte.

— Sors, Emily. Tout de suite !

Laisser Zack et le docteur K. seuls avec ces brutes ?

— C'est qui ? souffla-t-elle. Des voleurs ?

— J'ai dit tout de suite !

Il ouvrit la porte et… tomba nez à nez avec les parents d'Emily. Ceux-ci s'arrêtèrent net dans leur élan, pétrifiés devant le spectacle.

— Eh bien ? lança Theo d'une voix sourde. On peut savoir ce qui se passe ici ?

— Un léger malentendu, répondit le docteur Kasanofsky. Ces hommes pensaient qu'on avait retrouvé leur chien mais à l'évidence ça n'est pas le leur.

Emily le dévisagea, stupéfaite. Qu'est-ce qu'il racontait ?

Le silence était pesant. Et électrique.

— Emily, va dans la voiture, ordonna finalement Joanne.

— Pas question ! répliqua-t-elle d'un ton ferme.

— Emily ! gronda son père.

Elle l'ignora, se concentrant sur la laisse de Zack qu'elle enroula autour de son poing.

— Eh, calmez-vous, les gars, dit l'un des inconnus. On veut pas embêter la gamine. J'me présente : moi c'est Butch, lui c'est mon frère Jim. Tout ira bien, on veut juste que vous nous rendiez notre chien.

— Pas de problème en ce qui me concerne, répondit sèchement le docteur Kasanofsky. Mais d'abord, vous me payez les 4000 dollars pour les soins.

Emily jeta un regard sidéré à ses parents. Ils avaient vraiment dépensé tout ça pour Zack ?

Jim réagit aussitôt, fou de rage :

— On va rien te payer du tout, mon vieux ! C'est notre chien, on le prend et on se tire. Point barre !

Ces deux horribles brutes étaient censées être les maîtres de Zack ? Elle comprenait mieux, à présent, comment ils avaient pu le laisser se perdre et se blesser...

— Je ne crois pas, intervint Theo, visiblement énervé. Je suis même sûr que non.

— Ah ouais ? menaça Jim en marchant vers lui, l'air mauvais. Et qui va nous en empêcher ?

— Moi, rétorqua Theo en croisant ses bras sur sa poitrine.

— Et moi aussi, enchaîna le docteur Kasanofsky.

— Avec moi ça fait trois, ajouta Joanne.

Pendant cet échange, Zack avait fait quelques

pas en direction des frères. Le poil hérissé et montrant les dents, il n'était guère encourageant.

Butch et Jim échangèrent un regard inquiet.

— Oh ! là… on veut pas d'embrouille avec vous ! affirma Jim. On veut juste prendre notre chien. Allez, viens, Rocky ! On rentre à la maison.

Il tendit la main vers le chien qui, d'un bond, vint se placer devant Emily. Protecteur.

Butch eut un rire sarcastique.

— Vous l'avez pourri gâté, on dirait, lança-t-il aux parents d'Emily. Rocky, on y va, j'te dis !

C'était clair, à présent : Zack détestait ces gens. Ils étaient de mauvais maîtres. Et de sales individus.

Le chien ne bougea pas d'un millimètre.

— Mais qu'est-ce que tu lui as fait ? demanda Jim à Emily d'un ton agressif.

Joanne sursauta. D'un geste rapide, elle sortit son téléphone de son sac et composa un numéro.

— Allô ? Bonjour, pouvez-vous envoyer des policiers à la clinique vétérinaire de l'Océan le plus vite possible ? Il y a des voyous qui cassent le matériel et menacent le personnel et les clients.

Un silence.

— Merci, reprit-elle. Je vous attends.

Elle rangea son téléphone.

— Je crois que vous avez intérêt à partir d'ici

immédiatement. Et à ne jamais y remettre les pieds.

Les frères MacGuire lancèrent un regard noir aux parents d'Emily et au docteur Kasanofsky. Puis Jim recula en levant les mains.

— C'est bon, on s'en va… On voulait juste discuter, c'est tout. Mais on récupérera notre chien, vous inquiétez pas.

— Ouais, c'est pas notre faute s'il s'est perdu, ajouta Butch.

Au même instant, Emily eut un flash : un bateau qui tanguait dangereusement au milieu d'une mer démontée, des vagues immenses qui s'abattaient sur le pont, deux silhouettes dans la cabine éclairée.

— Comment est-il tombé du bateau ? demanda-t-elle.

Tous se tournèrent vers elle.

— Il est tombé à l'eau, quoi…, bafouilla Butch.

Non. Ça ne s'était pas passé aussi simplement que ça. Elle en était certaine.

Quelques secondes s'écoulèrent dans un silence tendu.

— On sait pas exactement comment c'est arrivé, OK ? poursuivit Jim, sur la défensive. On a été pris dans une tempête et, le matin, quand on est sortis de la cabine, il était plus là. Il a dû se prendre dans un filet.

Ils l'avaient laissé seul sur le pont pendant toute la nuit, en pleine tempête, pendant qu'ils dormaient à l'abri dans la cabine ! À cause d'eux, Zack avait failli mourir.

— Et maintenant vous voulez le reprendre ? lança Joanne. Après ça ?

Butch la fusilla du regard.

— C'est un chien de chasse et en plus il nous aide sur le bateau. Vous croyez que ça se trouve facilement, un clébard pareil ? s'exclama-t-il. Bien sûr qu'on le veut !

Il se reprit et toussa pour s'éclaircir la voix.

— J'veux dire… On est… euh… contents que vous l'ayez trouvé. Et… euh… reconnaissants.

Les derniers mots semblaient si peu sincères que même Jim parut surpris.

Des sirènes retentirent au loin.

— C'est le moment ou jamais de vous décider, intervint d'une voix calme le père d'Emily.

Les deux frères échangèrent un rapide coup d'œil.

— OK, OK, on part, annonça Jim, la mine renfrognée.

Ils franchirent la porte en courant. À l'instant où ils atteignaient leur pick-up, les voitures de police arrivèrent toutes sirènes hurlantes. Les policiers bondirent hors de leurs véhicules et se précipitèrent sur les frères MacGuire qui tentaient de partir. Des cris résonnaient dans tous les sens. Les deux voyous furent contraints de se rendre.

Après une brève discussion avec les parents d'Emily, le docteur Kasanofsky annonça qu'il ne porterait pas plainte si les frères MacGuire remboursaient l'ordinateur qu'ils avaient cassé et promettaient de ne plus jamais venir dans le quartier. L'officier de police décida néanmoins de les emmener au poste pour avoir une petite conversation avec eux.

Emily, ses parents et le docteur Kasanofsky regardèrent le pick-up escorté par deux voitures de police quitter le parking.

Ces horribles individus étaient enfin partis. Quel soulagement !

Et Zack était là, avec Emily.

— Waouh ! s'exclama-t-elle.

Elle poussa un grand soupir.

— C'est ouf !

Personne ne la reprit sur son vocabulaire : ils étaient bien d'accord.

Emily et ses parents accompagnèrent le docteur Kasanofsky dans son bureau afin de s'assurer qu'il se remettait de l'agression subie.

— Ça va, ne vous inquiétez pas, les remercia-t-il. Plus de peur que de mal. Je ne sais pas pourquoi vous êtes arrivés plus tôt que prévu, mais j'avoue que c'est bien tombé.

— Zack avait senti quelque chose, avança Emily avec une légère hésitation. Alors… on est venus immédiatement.

Ses parents hochèrent la tête en échangeant un regard embarrassé.

Après avoir aidé à ranger le désordre de la clinique, ils montèrent dans leur voiture pour rentrer chez eux. À peine assise, Emily appela Bobby pour lui annoncer la bonne nouvelle. Durant tout le trajet, elle garda Zack serré contre elle. Elle versa bien quelques larmes, mais, cette fois-ci, ce n'était pas de la tristesse. Ses parents aussi étaient émus de la tournure des événements.

— Il est vraiment à moi, maintenant ? demanda-t-elle. Pour de bon ?

Ils hochèrent la tête avec un immense sourire.

Incroyable ! Zack était son chien et le serait pour toujours. Un véritable miracle !

Une fois arrivé à la maison, Zack sauta de la voiture et se précipita vers la porte. Il poussa des aboiements joyeux en remuant furieusement la queue.

Joanne éclata de rire.

— Eh bien ! On dirait qu'il est heureux de rentrer chez lui !

Emily ouvrit la porte. Zack se rua à l'intérieur et courut jusqu'au bas des marches tout en aboyant. Elle le suivit, intriguée : il voulait lui montrer quelque chose.

Il se tourna une seconde vers elle avant de s'élancer. Et monta l'escalier d'une traite jusqu'en haut. Sans même boiter !

Emily n'en revenait pas !

Elle grimpa à son tour les marches quatre à quatre et le rejoignit dans sa chambre. Il avait trouvé Josephine, allongée sur le tapis dans un rayon de soleil, et jappait avec gentillesse. La chatte bondit sur le rebord de la fenêtre. Zack fonça hors de la pièce et fit le tour de l'étage en quelques secondes, surexcité. Il entrait et sortait des chambres, courait dans tous les sens, explorait chaque recoin. Puis il repartit comme une flèche dans la chambre d'Emily et renifla consciencieusement le panier qu'il n'avait encore jamais vu. Il aboya de nouveau.

— Tu as faim ? demanda-t-elle. Peut-être que je…

Avant même qu'elle ait fini sa phrase, Zack avait sauté sur son lit, fait trois tours sur lui-même et s'était affalé sur la couette en remuant la queue. L'air plus heureux que jamais.

— Bravo, mon Zack ! dit-elle.

Il bâilla longuement et s'étendit sur toute la largeur du lit.

Emily sourit en le regardant s'endormir.

Il était enfin chez lui.

Ouvrage composé par
PCA - 44400 REZÉ

Cet ouvrage a été imprimé
en Espagne par

Industria Grafica Cayfosa
(Impresia Iberica)

Dépôt légal : mars 2017

MIXTE
Papier issu de
sources responsables
FSC® C003309

Pocket Jeunesse, une marque d'Univers Poche,
est un éditeur qui s'engage pour
la préservation de son environnement
et qui utilise du papier fabriqué à partir
de bois provenant de forêts gérées
de manière responsable.

PKJ • POCKET JEUNESSE
www.pocketjeunesse.fr

12, avenue d'Italie - 75627 PARIS Cedex 13